Querida amiga

Marina Mayoral

Querida amiga

ALFAGUARA

Título original: Querida amiga
© 1995, Marina Mayoral
© De la traducción: Marina Mayoral
© De esta edición:
   2001, Grupo Santillana de Ediciones, S. A.
   Torrelaguna, 60. 28043 Madrid
   Teléfono 91 744 90 60
   Telefax 91 744 92 24
   www.alfaguara.com

• Aguilar, Altea, Taurus, Alfaguara S. A.
Beazley 3860. 1437 Buenos Aires. Argentina
• Aguilar, Altea, Taurus, Alfaguara S. A. de C. V.
Avda. Universidad, 767, Col. del Valle,
México, D.F. C. P. 03100. México
• Distribuidora y Editora Aguilar, Altea,
Taurus, Alfaguara, S. A.
Calle 80 n° 10-23
Santafé de Bogotá. Colombia

   ISBN: 84-204-4266-6
   Depósito legal: M. 30.099-2001
   Impreso en España - Printed in Spain

   Diseño:
   Proyecto de Enric Satué

© Cubierta:
   Juan Millás Sánchez

«Cartas, relaciones, cartas,
tarjetas postales, sueños,
fragmentos de la ternura
proyectados en el cielo,
lanzados de sangre a sangre
y de deseo en deseo.»

MIGUEL HERNÁNDEZ
«Carta» de *El hombre acecha*

Querida amiga

Querida amiga:

Ha de disculparme por llamarla así, y por ocuparle su tiempo, pero tenía que hablar con alguien. Perdone el atrevimiento; la vi ayer en la televisión y pensé: ella me entenderá, se le nota en la cara que me ha de entender. Y por eso le escribo, ¡tengo tanta necesidad de desahogar con alguien esta pena que llevo dentro! Y no tengo con quién. Con mis hijos, que lo comprenderían, no debo hablar. Y los demás, mis amigas y la gente que conozco, se pondrían a criticarme y a hablar mal de mí, y al final de mi vida vendría a encontrarme igual que al comienzo.

Yo nací y me crié en una aldea gallega, en la montaña. No sé si usted sabe lo que es vivir allí, o lo que era, porque ahora un poco mejoraron. No había más luz que la del cielo, ni más agua que la que sacábamos del pozo. Una cocina de piedra, una cama de tablas con un colchón de paja, porque la lana de las ovejas se vendía para comprar de comer, y las vacas y los cerdos allí mismo, personas y animales revueltos en aquella choza llena de goteras, con el piso de tierra siempre enchopado... ¡Aquello no era vida!

Había tres casas un poco mejores, tres exactamente, ni más ni menos. Eran las de los ricos. Ellos tenían colchón de lana y la cuadra fuera de la casa; por lo demás vivían tan mal como todos. Veinte casas, cuarenta vecinos, otros tantos bueyes y vacas, más o menos, porque unos no tenían ninguno y otros tenían hasta tres parejas; los rebaños de ovejas, las gallinas, los conejos, la ermita del santo patrón donde venía el cura a decir misa los domingos, y pare de contar; aquél era mi mundo y aquélla era la gente que marcó para siempre el curso de mi vida.

Yo era de los pobres. Todos éramos pobres menos los tres vecinos que le dije, los que tenían casas de piedra con tejados de cuatro aguas. Pero no piense que me sentía desgraciada. Mientras fui niña fui feliz, siempre tuve salud y buen conformar. Mi desgracia fue ser guapa y aquella alegría que me andaba por dentro y me salía por los ojos y por todo el cuerpo. Hay mujeres guapas que parece que van metidas en un fanal. Yo no. A mí siempre me gustaron los escotes y llevar los brazos al aire. En el verano, cuando iba con el ganado a pastar, me tumbaba en el prado, remangaba la falda, subía las mangas de la blusa y abría el escote, porque me gustaba poner el cuerpo al sol. La gente entonces escapaba de él, no era como ahora. Los de la aldea iban siempre tapados de la cabeza a los pies, porque decían que el sol hacía mal, que daba calentura. Y las señoritas del pueblo usaban guantes y sombrillas para tener la piel blanca y se llenaban de polvos de arroz, que parecían bollos crudos.

A mí no me daban envidia las señoritas. Las veía cuando bajaba al valle, por las fiestas o a comprar alguna cosa en las tiendas del pueblo. Me daba risa de ellas, tan puestas, tan colocadas, paseando arriba y abajo por la alameda, echando ojeadas de refilón a los señoritos, disimulando las ganas, porque estaba mal visto que una chica soltera hablase con un chico en público. ¡Ya ve qué hipocresía! Yo no era así.

A mí los señoritos venían a hablarme. Pensaban que como era montañesa podían echarme piropos sin ofenderme. Y así era. Yo les dejaba hablar y les contestaba, pero las manos quietas; de eso, nada. Más de uno se llevó una buena bofetada mía. Yo me reía de ellos, les tomaba el pelo. Sabía que les gustaba y ellos a mí no; ésa era mi ventaja. No me gustaba aquel color que tenían de leche cuajada, ni los bigotes recortados, ni el pelo engominado, ni los hombros estrechos... Tampoco me gustaban los brutos de la aldea, que no sabían ni hablar y que apestaban a estiércol. A mí sólo me gustaba él, siempre el mismo, desde niña, que pienso que estábamos hechos el uno para el otro.

Él era el hijo del capador y vivía en una de las casas ricas de la aldea. Era sólo dos años mayor que yo, y era también muy guapo: alto y lanzal, con el pelo castaño claro, que le caía sobre la frente en rizos como los de un niño, la piel tostada del sol y unos ojos, unos ojos que me volvían loca, cambiaban de color según cambiaba el tiempo o según lo que le pasaba por dentro. A veces eran azules-azules y otras eran grises y otras parecían negros, igual que el cielo. Yo me estaría la vida entera mirándolos y no me cansaría nunca, porque eran unos ojos que hablaban, que decían lo que sentía el corazón, lo que le pasaba por el alma.

Él también estaba enamorado de mí. Su padre quería que fuese a vivir al valle, al pueblo, con el maestro, porque quería que fuese veterinario y no capador como él, y quería que se relacionase con señoritas y con la gente de dinero que vivía en el pueblo. Pero él les dijo que estudiar sí, pero que prefería ir y venir cada día a la escuela y vivir en la aldea. Lo hacía por mí, porque desde niño estuvo enamorado de mí. Y yo de él.

Él iba a la escuela a caballo y tapado con una capa de aguas. Había que andar cinco leguas por la carretera o atajar por el monte para ir al pueblo, y cuando nevaba no se podía bajar. Mi padre le dijo al capador si yo podía ir también en el caballo y así fuimos durante dos años, hasta que murió mi padre, cuando yo tenía doce y aún no era mujer. Se murió al empezar el otoño y, nada más enterrarlo, mi tío dijo que yo sabía leer y escribir y las cuatro reglas y que para qué quería saber más, que había mucho trabajo en la casa y que era mejor que me quedase allí, echando una mano, y me dejase de perder el tiempo en la escuela. Y mi madre dijo que bien. Eran buena gente, pero ignorantes, y hacían mal sin darse cuenta de que lo hacían. Así que, desde aquel día, él iba solo a la escuela y al pasar el caballo por delante de mi casa lo hacía relinchar, y yo, que andaba preparando la comida para el ganado, me asomaba a la puerta y le decía adiós con la mano. Y así seguimos hasta que yo me hice mujer.

Hasta los catorce años fui una niña, guapa, pero menuda, poquita cosa, aunque siempre espabilada y alegre y también un poco coqueta. Ya de pequeña, cuando íbamos en el caballo, yo me abrazaba a él, como si tuviera miedo a caer. Le echaba los brazos alrededor del cuerpo y sentía cómo él se estremecía y el corazón le batía con tanta fuerza que parecía un pájaro asustado. Él siempre fue tímido y más vergonzoso que yo. Me llevaba dos años, pero las mujeres crecemos más rápido para esas cosas de la malicia. Yo le decía, cuando sentía que él temblaba: ¿Qué te pasa?, porque quería que él me dijese que quería ser mi novio, pero él callaba o decía que tenía frío o que le hacía cosquillas.

Cuando me hice mujer, aún se notó más la diferencia, porque de repente, en dos meses, cambié por completo. Primero di un estirón y después me redondeé, me crecieron los pechos de una manera que llamaba la atención: grandes, levantados y con unos pezones como cerezas gordas. Me hice una mujer de bandera y eso fue mi desgracia, porque la mía no era una belleza como la de otras, que parecen vírgenes de estampa; no: yo atraía a los hombres, los encendía, aunque no hiciese nada.

Él, por el contrario, fue cambiando poco a poco. Se hizo hombre más despacio. Aunque ensanchó de cuerpo y las piernas se le hicieron más fuertes, siguió siendo delgado y conservó siempre el pelo brillante de niño y aquellos ojos que me llevaban el corazón con ellos. Fui yo quien se declaró, porque él me miraba y me miraba, y sufría, que yo bien me daba cuenta, pero no arrancaba a hablar. En las fiestas, cuando los otros se me arrimaban, yo veía sus ojos clavados en mí como dos carbones encendidos: oscuros y relucientes, echaban chispas como las hogueras de San Juan; y apretaba tanto los dientes que los tendones le hacían bultos en la cara. Yo rabiaba por acercarme a él y acariciarlo y mirarme en aquellos ojos y decirle que no quería a nadie más que a él. Pero él, nada, ni invitarme a bailar. Cuantos más celos le daba yo, más se metía él en sí mismo y más sufría, que yo me daba cuenta y sufría también, pero al mismo tiempo me daba rabia, porque sabía que sus padres no me querían, que hacían todo lo posible para apartarlo de mí, y yo no quería dar el primer paso. Aunque estaba segura de que le gustaba y de que estaba enamorado de mí, siempre le queda a una esa duda, si le parecería poca cosa para él, si en el fondo no quería comprometerse, yo qué sé.

Yo tenía siempre muchos hombres alrededor de mí, tendiéndome trampas, entre ellos el sargento de la Guardia Civil del valle, y, además, la mujer del capador andaba diciendo que su hijo iba a estudiar para veterinario y que se había de casar con una señorita de buena familia, fina y con dinero, como le correspondía, y que ya le tenían buscada la pensión en Brétema, cerca de la Universidad, y que por su gusto ya antes lo habrían mandado, porque, decía el capador, o se iba a Brétema o se iba a hacer el servicio militar, que no lo quería más tiempo en la aldea. Y a mí me dio tanta rabia que anduviera hablando así que aquel verano bailé como una peonza en todas las fiestas y cuando estaba cerca de él me reía a carcajadas, para ver si él se arrancaba. Pero no hubo forma, así que en la fiesta del San Bartolo, que era la última del verano, me acerqué a él y le dije: Conque te vas a Brétema de soldado y sin despedirte de los amigos. Y él me dijo: Andas siempre tan acompañada que no encontré la ocasión. Y yo le repliqué: Cuando se quiere a un amigo siempre se encuentra un momento para hablar. Y él entonces, con una voz tan seria y triste que el corazón se me subió a la garganta y sentí que me ahogaba, me dijo: Tú bien sabes lo que yo te quiero desde hace mucho tiempo.

Y era cierto, porque nosotros nos entendíamos sin necesidad de hablar y yo sabía que lo que él decía era verdad y también que era vergonzoso y tímido y que aquélla era su manera de quererme, y por eso, cuando fuimos a bailar y él me pasó el brazo por la cintura sin intentar apretarme como hacían todos, pero cogiéndome muy fuerte y clavando todo el tiempo en los míos aquellos ojos que eran como estrellas, fui yo quien me apreté contra él, y junté mi cara con la suya y sobre su boca, sintiendo su aliento en la mía, casi sin darme cuenta de lo que decía, le dije: Te quiero, te quiero, te quiero, te quiero...

Aquella noche me acompañó a mi casa. Me pidió que fuera su novia y que lo aguardase hasta que él acabase la carrera de veterinario. Atravesamos la fiesta por entre la gente, con su brazo en mi hombro, para que todo el mundo supiera que yo era su novia, porque yo nunca había andado así con ningún chico, ni él con ninguna chica. Y al pasar por una corredoira, camino de casa, nos besamos.

Antes de marchar a la mili me dio un montón de papeles llenos de versos, que hablaban de mí, que había ido escribiendo desde los tiempos de la escuela y que nunca se había atrevido a darme. Allí decía las cosas más bonitas que nunca en mi vida me dijeron. Esos versos y las cartas que me escribió aquel primer año desde Brétema es todo lo que conservo de él. Los leí tantas veces, están tan gastados de besos y de lágrimas que ya casi no se ven. Pero no importa porque los sé de memoria. Son versos muy bonitos y muy tristes, que parece que él ya presentía lo que iba a pasar y por eso decía que no me olvidase de él y que su amor sería más fuerte que la ausencia y que la muerte. Yo no sabía escribir cosas así, pero le decía que él era el único al que yo quería y que lo había de querer siempre. Y no le mentí.

Lo que pasa es que la vida te empuja muchas veces a donde no quieres ir y te obliga a hacer cosas que nunca pensaste hacer.

Yo era una mujer que gustaba a los hombres, ya le dije; siempre tenía más de uno alrededor buscando su ocasión. Jóvenes y viejos, todos se me arrimaban y tenían algo que decir cuando yo pasaba. Yo les daba conversación, ésa fue siempre mi manera de ser, pero nada más. Me gustaba charlar y bromear; ya me dirá qué hay de malo en eso. Lo que pasa es que me adelanté en muchas cosas a mi tiempo. Lo que yo hacía lo hacen hoy todas las chicas de quince años, pero entonces no se podía ser guapa y alegre y desenvuelta; no le podía gustar a una poner las piernas al sol o llevar escotes y, sobre todo, hablar con los hombres y reírse con ellos. Si eras así sólo podías ser puta o cómica, que venía a ser lo mismo. Eso era lo que pensaban de mí. Me lo dijo un día una de mis tías: Tú no eres mujer para casada. Una mujer de bien no anda por ahí enseñando lo que tú enseñas y hablando con todos. Y has de acabar mal, porque los que se te arriman sólo van a sacar tajada, desde el aparvado del hijo del capador hasta el sargento de la Guardia Civil.

El hijo del capador ya sabe quién es, y el otro, el sargento de la Guardia Civil, es mi marido. Entonces tenía veintisiete años, venía de la guerra y era todo un personaje. Era buen mozo y hasta guapo: moreno, de barba cerrada y dura, muy hombre, y con experiencia. Me buscó las vueltas. Habló primero con mi tío, que era quien disponía en la casa desde que murió mi padre. Le dejó caer que, teniendo un pariente en el monte, un sobrino que andaba huido, primo carnal mío, le convenía emparentar con él. Le dijo que llevaba buenas intenciones, que se quería casar conmigo, porque estaba convencido de que yo en el fondo era una chica seria, pero que, si seguía dando que hablar, él había de hacer como todos y que si pasaba algo que no le viniesen después con reclamaciones. Así que mi tío fue y me dijo: Como te vea con alguno que no sea el sargento te tundo a varazos.

Mi madre y mis tías no me quitaban los ojos de encima, no podía moverme si no era para estar con él. Me tenían aburrida. Pasé las fiestas de San Froilán y las de San Lucas sentada en un banco sin querer bailar con el sargento, y sin que nadie más se me arrimase, porque él se venía a hablar con mis tías y se estaba allí las horas muertas para hacer ver que entre él y yo había algo. Y por eso, y porque entonces la Guardia Civil imponía mucho respeto, nadie se atrevía a acercárseme.

Yo esperaba la Navidad como el Santo Advenimiento, porque pensaba que vendría mi novio. Pero no vino. Vinieron todos los quintos menos él; no le dieron permiso y yo sospecho que fue algo que tramaron entre todos, no sé si fue cosa de mi marido, o de mis tíos, o del capador y su mujer, o qué, pero todo se enredó de una manera que pienso que lo tenían preparado.

El caso fue que mi marido, que, como le digo, era entonces una persona importante, me invitó al baile del casino del pueblo la noche de fin de año. Mi tío me dijo que tenía que ir, que con un pariente en el maquis no se le podía hacer un feo al sargento, que por menos tenían breadas a palos en el cuartelillo del valle a muchas familias y que a nosotros nunca nos habían molestado para nada, que bien se veía que era por la consideración del sargento. Yo no sabía qué hacer, pero entonces me enteré de que la mujer del capador andaba diciendo que su hijo tenía novia en Brétema, una chica como Dios manda, y que por eso no venía, y me cegó la rabia y fui al baile.

Aquello fue mi perdición, porque mi marido era un hombre con experiencia y supo enredarme bien. Me hizo beber champagne fresquito, que yo nunca lo había probado, y se me subió a la cabeza sin darme cuenta. Me llevó

con sus amigos, que me hicieron reír y olvidarme de todo. Bailamos toda la noche y ya de
amanecida cogió el coche, que no era suyo, que
era del cuartelillo, para llevarme a la aldea. Se
metió por una corredoira fuera de la carretera
y paró el motor y empezó a besarme y a desa-
brocharme la ropa y también la suya. Yo estaba tan borracha que no atiné a defenderme. No
me violó, quiero decir que no perdí la virgi-
nidad, pero perdí la honra. Lo que yo hice en
aquel coche no lo debe hacer una mujer con un
hombre que no sea su marido.

Después de eso, todo el mundo me dio
por perdida. Otras chicas de la aldea tuvieron
hijos de solteras y después se casaron con otros
hombres y nadie las criticó. Pero a mí no me
perdonaban ser guapa y alegre. De mí, aunque
fuera como santa María Goretti, habían de hablar igual. Y yo también estaba avergonzada.
Entre todos me hicieron sentir así y ni siquiera
supe defenderme cuando mi novio vino a pedir-
me cuentas. Me dijo: ¿Es cierto eso que dicen?
Yo me puse como la grana, sin saber qué contes-
tar, y él, al verme, dijo con una voz que parecía
que se moría: Así que es cierto... Yo hice un esfuerzo y le pregunté: ¿Qué fue lo que te contaron?
Y él: Que bailaste con el sargento toda la noche
y que te trajo en el coche y que tardasteis más
de una hora en llegar desde el valle a la aldea...

Yo no me atreví a negarlo, ni a decirle que estaba borracha y que entre todos me estaban empujando a la cama del sargento y que su madre también tenía la culpa por andar diciendo lo que no debía. No sé si fue por vergüenza o por orgullo, pero sólo dije: Sí, eso es cierto. Y él, tampoco sé si por orgullo o porque la pena no le dejaba hablar, se quedó callado, mirándome, y después dio media vuelta y se fue sin decir ni palabra.

Mi marido, según todos dijeron, se portó como un hombre de bien. Le dijo a todo el mundo que yo era su novia y que nos íbamos a casar enseguida. Me lo dieron hecho. En mi casa estaban tan satisfechos que ni pensaron que yo no quisiera. Y a mí me dijo que nos casaríamos pasados algunos meses, para que la gente no creyese que nos casábamos tres, y que me casaría de blanco y con la cabeza bien alta, que no quería que nadie tuviese qué decir de su mujer. Y me hacía regalos y me trataba con todo respeto en público, ni cogerme una mano, ni gastarme una broma y ni siquiera hacía por verme a solas, aunque algunas veces sí y entonces se ponía igual que en el coche, pero como yo no estaba borracha lo rechazaba, y él no se enfadaba, se reía y decía: Ya verás cuando nos casemos.

Yo estaba esperando a que mi novio se licenciase para tener una conversación con él.

Pero no pudo ser. Vino un día a recoger sus cosas y dijo a quien quiso oírlo que se marchaba a estudiar a Barcelona. Y usted dirá ¿por qué a Barcelona? Yo lo sabía, porque a mí me pasaba lo mismo: quería olvidar, huir de mí. Por eso se fue tan lejos, igual que hice yo. Pero no consiguió olvidarme, ni yo a él.

Cuando él se marchó, le dije al sargento que me casaría, pero con una condición: que nos fuéramos de allí, y a lo más lejos que pudiera. Toda la tierra de España entre mi novio y yo, que con menos no bastaba. Y fui sincera con él, no quise engañarlo: le dije que sería su mujer y que, si él era bueno conmigo, no había de tener nunca queja de mí en ningún sentido, pero que no estaba enamorada de él, que no lo quería. Creo que le fastidió oírlo, pero me contestó muy seguro: Tú aún no sabes lo que es querer. Lo que tú necesitas es un hombre y no un parvulito que te haga versos.

Y en eso se equivocaba, porque lo que a mí me enamoraba de mi novio no era sólo aquel cuerpo lanzal y aquellos ojos meigos: era su manera de ser, cómo me hablaba, o cómo no me hablaba, y su forma de mirarme... y también los versos, porque nadie me dijo nunca cosas tan bonitas. Eso mi marido no lo entendía. Por lo demás no es un mal hombre, ni se puede decir que sea un mal marido. Pero siempre fue un poco bruto, desde que nos casamos, y eso ya no tuvo remedio.

La noche de bodas se me manchó el camisón de sangre. Un camisón blanco, de raso y encajes, que él me había regalado. Estábamos en un hotel, de luna de miel, y a la mañana siguiente fui a lavarlo en el cuarto de baño, y él me lo arrancó de las manos, diciéndome: No seas paleta, ¿qué van a pensar los del hotel? Ya lo lavarás en casa.

Pero cuando volvimos a su casa, que era en el cuartelillo del valle porque aún no tenía el traslado, al deshacer la maleta no encontré el camisón, y yo pensé que lo había perdido y me callé y no dije nada. Esa misma noche él se reunió con los amigos en un cuarto que había para jugar a las cartas y beber. Estaba al fondo del pasillo en la misma planta donde nosotros vivíamos. No se preocupó ni de cerrar la puerta. Mi camisón andaba de mano en mano y mi marido les decía riéndose: Ya os lo dije, que a esta mujer la estrenaba yo.

Estuvimos allí nueve meses, porque él quiso quedarse hasta que nació el niño. Después nos vinimos para el sur y aquí pasamos toda nuestra vida desde entonces. Tuve aún dos hijos más, dos chicas. Cuando ya todos estaban criados le dije a mi marido que quería trabajar,

poner un negocio. Conseguimos un poco de
dinero y abrí una casa de comidas. Al comienzo era pequeña y barata, pero, como yo tengo
buena mano para la cocina y simpatía para la
clientela, me fueron bien las cosas y fui mejo-
rando. Hoy tengo tres restaurantes de lujo y
un hotel. Y una buena casa en la aldea. Mi
marido dejó la Guardia Civil y se ocupa del
personal. Los hijos estudiaron todos una carrera y ya están casados, y a mi gente de la aldea la
ayudé para que viviera mejor.

A mi novio no volví a verlo ni a hablar
con él cara a cara, pero sabíamos uno del otro
por los vecinos. Yo iba a la aldea y él también,
y de ese modo los dos sabíamos de nuestras
vidas. Él se hizo veterinario y vivió siempre en
Barcelona. Se casó, pero no tuvo hijos.

Hace ahora un año, soñé con él una
noche. Volví a verlo según era en nuestra juventud. Yo estaba sentada en el prado donde
pastaban las vacas y él tenía la cabeza en mi re-
gazo. Yo le acariciaba la cara y me miraba en
sus ojos, que eran azules como el cielo del verano, y él me decía como tantas veces me dijo:
Te quiero más que a nada en este mundo...

Me desperté llorando, y ese mismo día,
cuando llamé por teléfono a los parientes que
aún tengo en la aldea, una de mis tías me dijo:
¿Sabes quién murió?

Desde entonces llevo una pena conmigo que no me deja vivir. Ahora soy una vieja. Tengo sesenta y cinco años, pero le puedo decir que mientras él vivió fui una mujer guapa. Nadie me echaba los años que tenía. Yo me cuidaba, me arreglaba, me vestía bien, porque sabía que le hablaban de mí y, además, tenía la ilusión de que volvería a verlo, y quería que él me encontrase guapa como siempre. Quizá fue mejor así, porque, si llegamos a vernos otra vez, igual ya no podíamos separarnos. Quizá fue mejor, pero, desde que él murió, a mí se me echaron de golpe los años encima. Los años y esta pena que me ahoga.

Tenía que decírselo a alguien para no acabar contándoselo a mis hijas, que son las únicas que podían entenderme, y al fin su padre es su padre, y es bien triste tener que decirles que me pasé la vida queriendo a otro hombre y que, si me dieran a escoger, lo cambiaría todo, hasta a los hijos, por él. Me parece mal dejarles ese recuerdo de mí. Por eso le escribo a usted, para desahogarme, y también por si quiere contar mi historia, que yo no sé hacerlo, y cuando la vi pensé que me había de entender, por cómo hablaba y lo que decía de que al escribir se sacan fuera los demonios y se siente una mejor. Así que perdone el atrevimiento y ocuparle su tiempo, pero si la escribe, por favor, diga que yo no falté a mi palabra: que no quise a otro hombre y que no lo olvidé nunca.

Y sin más, reciba un abrazo y el agradecimiento de su amiga.

V.

Admirados colegas

Admirados colegas, señoras, señores, queridos estudiantes:

Al iniciar mi última ponencia me acomete el temor de que debería haber empezado por donde voy a acabar, pero confío en que mi prudencia a lo largo de medio siglo avale al menos mis palabras de hoy.

Les aseguro que es difícil callar durante toda una vida, no poder compartir con nadie lo que ha sido la clave de mi existencia. Y es fatigoso discutir objeciones que podría echar por tierra con una sola frase, remover cientos de legajos y documentos, perder la paciencia en archivos y bibliotecas para demostrar lo que una ya sabe de antemano. Reconozco que con los años me he ido cansando, he relajado la atención, supongo, y, paralelamente, mi prestigio académico ha ido decreciendo de forma paulatina: he pasado de «hallazgos geniales» a «brillantes intuiciones no documentadas», hasta venir a dar en fantasías, novelerías y chocheces. Ya casi me lo dicen por escrito. Lo que más me duele es la incomprensión de la gente que ha trabajado conmigo, colegas y, sobre todo, discípulos. Sobre mi mesa de escritorio tengo un número reciente de la *Hispanic Review* donde un ratoncillo de biblioteca, criado, como quien dice, con las migajas que caían de mis manteles, se dedica a roer mi último trabajo: «El libro adolece de la falta de documentación ya proverbial en la, por otra parte, ilustre investigadora».

La juventud es despiadada con los viejos, y los colegas de mi edad parecen más dispuestos a compadecerme que a defenderme, incluso los amigos. A dos de los más íntimos les oí el otro día en la Academia una conversación que transcribo literalmente aunque ocultando los nombres de los hablantes:

—Me preocupa la pobre Rosa; habla de Lope como si almorzara con él a diario.

—Como si hubiera almorzado, que es aún más preocupante. Habla como si tuviera cuatrocientos años y se refiriera a episodios de su juventud.

—Muchos menos no tiene... Son cosas de la edad. A mí también me empieza a pasar al hablar de Quevedo.

—¡Qué va a ser la edad! Nosotros somos de la misma quinta y no desvariamos.

—Puede que sea por el accidente. Recuerda que Rosa trabajaba con aquel loco de

Arozamena. Suerte tuvo que no se desintegró como él y aquella otra estudiante, ¿no te acuerdas?: la hija del marqués de Resende, una chica preciosa...

Los dos se fueron pasillo adelante, recordando su juventud, y a mí me pareció oír de nuevo la voz de Marta: De ti también dirán que estás loca.

Marta y yo estudiamos juntas desde niñas. Las dos preferíamos las Ciencias, con cierto disgusto del padre de Marta, que era un apasionado de las Humanidades y gran bibliófilo. Estudiamos Ciencias Físicas y, ya antes de terminar la carrera, el profesor Arozamena nos escogió para trabajar con él en su laboratorio de la Universidad Complutense. Colaborador de Oppenheimer y amigo personal de don Manuel Azaña, disponía de unos medios de investigación como nadie entonces en España. Tenía, además, fama de genio y de visionario y ambas eran merecidas.

Nunca he podido saber si lo que sucedió aquel día fue producto del azar o un experimento suicida de aquel hombre desconcertante. Se dedicaba a algo que entonces parecía cosa de brujería y que hoy es habitual en cualquier centro de energía atómica: la descomposición y reconstrucción de estructuras moleculares complejas. Aquel día yo me di cuenta de que la cámara de proyección estaba abierta y de que los datos del visor eran muy extraños; eran cifras infinitamente más altas que las que siempre habíamos manejado. Iba a advertírselo a Arozamena cuando todo se precipitó. El profesor, que estaba frente a la pantalla, se convirtió de pronto en una masa de luz: fulguró un instante, se borraron sus contornos e inmediatamente se desvaneció en el aire. Fue el tiempo de un parpadeo, pero pude verlo, aunque no sabía con exactitud qué era lo que había visto.

Durante unos instantes quedé deslumbrada, sin poder ver nada. Me froté los ojos y cuando conseguí recuperar la visión me volví hacia Marta, que trabajaba en el equipo de control a mi espalda, y le pregunté: ¿Lo has visto, Marta? ¿Qué ha pasado?

Marta no contestó. Me miraba fijamente con expresión atónita. Yo también me miré sin advertir en mí nada raro. Tardé todavía unos instantes en hacerme cargo de la situación. Marta estaba de pie, con las manos cruzadas bajo la barbilla como quien reza; estaba igual que siempre, pero a su alrededor no había nada: ni el laboratorio, ni el edificio de la Facultad, ni los jardines que lo rodeaban, ni el camino bordeado de árboles; nada. Porque lo que había era igual que nada: un campo deso-

lado y vacío que se extendía hasta donde podían alcanzar nuestros ojos.

Yo no me atrevía a moverme ni casi
a respirar. Miraba a Marta y ella me miraba a
mí como si sólo la fuerza de nuestras miradas
fuese capaz de mantenernos con vida. Vi que
movía los labios y oí:

—Nos ha proyectado, Rosa. Debemos
de estar muertas.

Yo pensaba lo mismo. Extendí con miedo mi mano hacia ella. Estaba segura de que
iba a atravesarla, igual que sucedía en el laboratorio. Las proyecciones eran tan perfectas que
parecían reales; creías haberlo conseguido, pero era sólo una imagen. Mi mano avanzó tem-
blando hasta su pecho, pero no lo atravesó; era
sólido. Marta, a su vez, extendió su brazo hacia mí, con tanta fuerza que me hizo tamba-
lear. Pensábamos que no era una prueba suficiente, que quizá dos imágenes no pudiesen
constatar su condición de tales, pero no sabíamos qué otra cosa hacer. Nos tocábamos y ha-
blábamos sólo para seguir sintiéndonos, para
no perder aquellos signos de nuestra existencia.

Estábamos enteras, al parecer, y vestidas. Solamente echamos de menos los objetos
metálicos: pulseras, prendedores del pelo y reloj. Y no sentíamos ningún dolor, pero el miedo distorsionaba nuestras sensaciones y todo

nos parecía extraño y anormal porque decenas de experiencias en el laboratorio nos habían demostrado que la proyección de seres vivos, la descomposición y posterior reconstrucción, era imposible.

Y cuando estábamos con esa inquietud, de pronto, Marta se estremeció y encogiéndose un poco dijo:

—¡Ay! ¡Tengo ganas de mear!

Yo recordé inmediatamente lo que había oído contar de que muchas personas a quienes les cortan un brazo o una pierna siguen sintiendo dolor en el miembro amputado. Pero sólo le dije:

—Pues mea. Aquí no hay nadie.

Marta echó una ojeada alrededor, se puso en cuclillas y se remangó las faldas. Entre sus pies surgió un reguerito que fue filtrándose en la tierra. Lo toqué con el dedo para mayor seguridad: estaba tibio. Inmediatamente me apliqué a realizar la misma operación con igual éxito.

No creo que dos meadas se hayan celebrado nunca con tanto regocijo. Durante un buen rato saltamos y corrimos y nos revolcamos por el campo. Nos reíamos de lo mismo que momentos antes nos hacía temblar: ¿Me sientes, Rosa?, decía Marta, empujándome y echándoseme encima. Nos reíamos como dos locas, y eso debían de pensar de nosotras los cuatro o cinco chiquillos que nos miraban medio escondidos entre los matojos.

—¡Eh, chicos! —gritó Marta—. ¿Cómo se va a Madrid?

Me acordé al oírla de las historias que circulaban de tiempo en tiempo por la Facultad: personas u objetos que habían sido trasladados por fuerzas misteriosas a lugares lejanos. Solían atribuirse a seres ultraterrestres, pero, en realidad, guardaban cierta relación, aunque exagerada por la fantasía de los estudiantes, con los experimentos del laboratorio de Arozamena.

—Sé prudente —le advertí en voz baja—. Podemos estar muy lejos de Madrid.

Marta miró alrededor:

—Esto tiene que ser la Dehesa de la Villa, que ya es bastante lejos.

Los chicos, mendigos y gitanillos a juzgar por su atuendo, nos miraban con curiosidad. El que parecía menos tímido se acercó un poco más:

—¿Son vuesas mercedes cómicas?

Nos miramos sin acabar de creer lo que empezábamos a sospechar. Busqué en los bolsillos de mi bata algo que ofrecer a aquellos niños. Sólo tenía dos terrones de azúcar de los que dábamos a las cobayas. Saqué uno y se lo ofrecí al que parecía el jefe de aquella pequeña banda de desharrapados:

—Te lo doy si me dices qué día es hoy.

El muchacho lo miró con desconfianza.

—¿Qué es?

—Azúcar.

—¿Azúcar? Muéstrelo voacé.

Con manos temblorosas le quité la envoltura de papel y se lo di. El chico acercó con precaución la punta de la lengua ante la expectación de los demás.

—Es víspera de San Juan —dijo, sin decidirse a tomárselo.

Le ofrecí el segundo terrón.

—¿De qué año?

Alargó la mano y sonrió con su boca desdentada.

—Del año de gracia de mil seiscientos catorce.

El ser humano es verdaderamente un animal extraño. Marta y yo habíamos hablado muchas veces de la muerte. La crisis de nuestras creencias religiosas y la experiencia constante de la transformación de la materia en el laboratorio nos hacían volver con frecuencia al tema. Las dos pensábamos con ingenua petulancia que a nuestros veintipocos años teníamos asumida la condición de seres nacidos para morir. Integrábamos la muerte en el orden biológico del universo y creíamos que sólo nos angustiaba su aspecto sentimental: la pérdida de los seres queridos, el dolor de saber que no volveríamos a verlos. Rotos de forma definitiva los lazos que te unen a los que amas, ¿cuál era el sentido o el valor de la vida? La respuesta la teníamos allí: todo lo que había sido nuestro mundo había desaparecido. Y, sin embargo, lo que yo sentía no podía compararse a la profunda angustia, al ciego terror que me había invadido cuando creí que estaba muerta.

Al darme cuenta de que había sido proyectada en el tiempo y no sólo en el espacio, mi primer sentimiento no fue de dolor por lo que había perdido, sino de miedo, miedo por lo que iba a sucederle a aquel conjunto de materia orgánica viva y consciente que era yo. Y los sentimientos de Marta no debían de ser mucho más elevados, porque, alejándose de los niños, me susurró:

—¡Estamos en los tiempos de la Inquisición!

Ni dolor por lo que habíamos dejado atrás, ni interés científico por aquel suceso extraordinario. Lamento tener que reconocer que en los primeros momentos reaccionamos como animales jóvenes y fuertes, ansiosos de vivir a cualquier precio. Y sólo mucho después empezamos a sentir curiosidad por lo que nos estaba sucediendo y nostalgia por los afectos perdidos.

Creo que fue el instinto lo que nos guió hacia la única persona que podía ayudarnos en aquel mundo que quemaba herejes y científicos sin distinguir unos de otros. Nuestra cultura de la época era anecdótica y superficial: los Borbones, a partir de Felipe II, eran incompetentes y degenerados; Cervantes, manco, pobre e incomprendido; Quevedo, cojo y misógino; Góngora, un cura malhumorado que escribía complicadísimo; Calderón, otro cura que escribía dramas de honor donde siempre mataban a las mujeres... Del único que sabíamos algo más era de Lope de Vega, porque en 1935 se estaba celebrando su centenario. Marta no lo dudó:

—A ése, al menos, le gustaban las mujeres.

No fue difícil encontrarlo; todo el mundo lo conocía. Al preguntar por él, parecía aminorarse la extrañeza que provocaba nuestra ropa y nuestro aspecto: Lope encarnaba el teatro, lo maravilloso, lo inusual, el mundo de la fantasía y la aventura. Inspiraba, además, una simpatía, un sentimiento de solidaridad que entonces no podíamos entender.

—Si no quieren topar con los alguaciles —nos decían— tuerzan vuesas mercedes por Cantarranas y después por Infantes.

Así, amparadas por la magia de aquel nombre, ya mítico en su tiempo, llegamos a la casa de la calle de Francos y a presencia de Lope.

Al verlo no lo reconocimos. No se parecía en absoluto a la estatua que hay en la Biblioteca Nacional ni a un retrato que presidía las conferencias de su centenario. Iba vestido de negro y no era joven, pero de sus ojos, de su sonrisa, de toda su persona emanaba vitalidad y simpatía. Y tenía una voz preciosa:

—Díganme, vuesas mercedes, en qué puedo servirlas —nos dijo.

Habíamos preparado un pequeño discurso que no llegamos a pronunciar. Marta avanzó hacia Lope como un náufrago que hubiera visto un barco entre la niebla; clavó en él sus hermosos ojos verdes y dijo:

—No tenemos casa, ni ropa, ni dinero... no tenemos nada.

Se quedó mirándolo y no hizo ni dijo nada más. Pero hoy, al evocarlo, vuelvo a sentir la misma sensación que entonces: me pareció que se echaba en sus brazos y que Lope abría los suyos para recibirla y darle toda la ayuda de que fuese capaz. Aunque quizá lo justo sería decir darnos, porque la verdad es que Lope nos abarcó a las dos en el gesto cordial de sus brazos abiertos, de su mirada, de su sonrisa, y de su generoso plural:

—No se acongojen vuestras mercedes, todo tiene remedio si no es la muerte.

Lope era entonces sacerdote, pero me consta que no fue la caridad cristiana lo que inspiró su conducta. Con nosotras nunca actuó como un cura, no lo hacía con ninguna mujer, en general, y tardamos algún tiempo en enterarnos de su condición eclesiástica. Aquella noche nos ofreció mesa y lecho y dos trajes que habían sido de Juana Guardo, su segunda esposa, muerta recientemente. Ni él ni su hija Marcela, que vivía en la casa, nos hicieron preguntas. Nos acompañaron con una palmatoria al dormitorio y Lope nos despidió con una frase esperanzadora:

—Con la luz del día todo se ve más alegre.

A la mañana siguiente decidimos contarle lo que nos había sucedido. Las dos teníamos el íntimo convencimiento de que, si no nos creía, al menos no utilizaría nuestras palabras para perjudicarnos. Y así fue. Pensó que se trataba de una broma de su protector, el duque de Sessa, para quien desempeñaba entonces el cargo de secretario de cartas privadas, y que era muy aficionado a historias fantásticas.

—Mi señor el duque de Sessa ha imaginado una muy donosa burla —dijo Lope.

Ante nuestra insistencia, y sin acabar de creernos, nos llevó a presencia del duque, que reaccionó igual que él:

—De todas tus comedias de magia ésta es la que más me gusta, pero ¿cómo acaba?

Cuando se convencieron de que no era una broma pensaron que era cosa de brujería. Hubo un momento crítico en el que nuestra vida estuvo pendiente de un hilo y ese hilo de la decisión de Lope, o quizá sería más exacto decir: de la misteriosa fuerza que mueve el sol y las otras estrellas.

En nuestro afán por que nos creyesen, nos referíamos a episodios que habíamos oído en las conferencias del centenario, relativos a la época o a la biografía de personas conocidas. Pero aquello nada probaba, porque, o eran del dominio público o aún no habían sucedido. A mí me parecía un camino equivocado y peligroso, pero Marta se empeñó e insistía en ello.

—Sé un poema suyo de memoria —le dijo a Lope.

El duque sonrió irónico y Lope la miró con una mezcla de diversión y ternura, como a un niño que se embarulla él solo con sus mentiras. Era obvio que mucha gente se sabía de memoria poemas suyos. Pero en cuanto Marta empezó a recitar, Lope dio un paso atrás y se puso muy pálido. Se llevó la mano al pecho y sacó un papel que miró con el gesto de quien comprueba que no se lo han robado.

—¡Cómo podéis conocer algo que he escrito anoche! ¿Sois bruja?

Era más una afirmación que una pregunta. El duque se puso también muy serio y apoyó la mano en el pomo de la espada. Lope avanzó hacia Marta, la cogió de los hombros y escudriñó, fascinado, sus ojos.

—¿Quién sois? ¡En nombre de Dios, quién sois!

No esperé la respuesta de Marta. Me precipité hacia ellos:

—¡Yo también lo sé de memoria! ¡Todo el mundo lo conoce! Los niños lo recitan como papagayos en los colegios religiosos: ¿Qué tengo yo que mi amistad procuras? ¿Qué interés se te sigue, Jesús mío, que a mi puerta cubierto de rocío pasas las noches del invierno oscuras? ¡Oh cuánto fueron mis entrañas duras...!

Lope se apartó de Marta, nos miró y se quedó un instante pensativo.

—Lo habéis robado esta noche de mi cuarto.

Él sabía que no era así; nos estaba ofreciendo una salida a la situación creada por Marta, pero yo vi claro que había que jugar fuerte y tomé la iniciativa:

—¡Lo sabemos de memoria porque las monjas nos obligaron a aprenderlo!

Y empecé de nuevo con la misma letanía: Qué tengo yo que mi amistad procuras. Qué interés se te sigue...

—¡Oh, basta! —dijo Lope—. Estáis destrozando mi soneto. Cada vez que lo decís me parece más malo.

Se pasó la mano por los ojos y de pronto se echó a reír:

—¡El siglo XX!... ¡Las monjas les obligan a estudiarme!... ¿Y qué se dice de Góngora?

El duque de Sessa rompió también en carcajadas:

—¿Y de Olivares? ¿Qué se dice de Olivares?

Se reían mucho. Eso era algo que siempre me sorprendió. Se reían como niños y nosotras también, hasta que nos dolía la cintura, hasta saltársenos las lágrimas. Marta lo utilizó como argumento cuando yo empecé a insistir en la necesidad de intentar el regreso:

—¿Te has reído alguna vez tanto en tu vida?

No era aquél el fondo de la cuestión, pero era una realidad nada desdeñable. Nunca nos habíamos divertido tanto. Con el profesor Arozamena sólo trabajábamos y no nos hacía mucho caso. Era la primera vez que teníamos a un genio y a un hombre poderoso pendientes de nosotras.

Al duque de Sessa le enseñamos a bailar el charlestón, a cantar tangos, a jugar al fútbol y al balonvolea, y también a nadar estilo crawl, que le parecía más elegante que la braza. Lo más divertido era el baile. Todavía hoy, la imagen de Luis Fernández de Córdoba Cardona y Aragón, bailando *Madre, cómprame un negrito* en calzas acuchilladas, me hace reír. El duque sentía verdadera pasión por todo lo que fuese juego o deporte y tenía una especial habilidad para los ejercicios físicos, de modo que no nos reíamos por burla, sino porque en un momento dado el absurdo de la situación se hacía patente y el propio duque o Lope estallaban en carcajadas y nosotras con ellos.

Vivíamos en un palacio propiedad del duque, a orillas del Manzanares, y a temporadas en Valencia en una finca junto al mar. Siempre con criados discretísimos a nuestro servicio y sin nada que hacer sino esperar a nuestros protectores y divertirlos cuando llegaban. En los ratos de soledad reflexionábamos sobre lo sucedido. Yo pensaba que igual que habíamos sido proyectadas podíamos ser rescatadas desde el laboratorio. Marta lo vio mejor: si el circuito de proyección seguía abierto y sin cambios, se repetiría cíclicamente hasta recuperar

todos los elementos, y en una de las vueltas podría recogernos. Pero para eso era imprescindible que estuviésemos en el mismo lugar al
que habíamos sido proyectadas y no bailando
tangos con Lope o el duque de Sessa.

En todo caso Marta no mostraba ningún entusiasmo por el plan de retorno. Consi-
deraba un milagro haber salido con vida de
aquella aventura, y los milagros no se repiten.
Lo más seguro era que nos desintegrásemos en
el viaje de vuelta o que sólo llegasen allá nuestros cuerpos desprovistos de vida. Y como argumento de peso añadió un día:

—Si el profesor Arozamena creyera que
se podía regresar lo habría hecho él.

No entendí lo que quería decirme y entonces Marta fue a buscar un grabado donde se
veía a don Enrique de Villena, rodeado de alam-
biques y retortas, y dijo con énfasis:

—Míralo bien, Rosa. Es Arozamena. Con
melena y con traje del siglo XV, pero esta cara
es la del profesor.

Volví a mirar el grabado. Realmente
aquella figura se le parecía mucho. Marta in-
sistió.

—Lope me ha contado que este hom-
bre practicaba la magia: podía congelar el aire en forma esférica, adivinar el porvenir y hacer invisibles los objetos. ¿Qué te parece?...

Consiguió la protección del rey Juan II, vivió feliz y respetado, y murió en su cama de muerte natural. Si él pudo hacerlo, nosotras también.

No era seguro que don Enrique de Villena fuese el profesor Arozamena, y, además, había otros problemas. Si lográbamos escapar al cólera, a la peste, a la hoguera y hasta a una vulgar pulmonía, quedaba la cuestión de que éramos mujeres, es decir, aparte de los peligros del parto, las fiebres puerperales y los maridos calderonianos, el sencillo hecho de que nos separaban tres siglos de los primeros brotes del feminismo. Se lo hice notar.

—En esta época las mujeres son consideradas seres inferiores. ¡Hasta hace muy poco tiempo se discutía si teníamos alma!

Pero aquello a Marta no parecía preocuparla gran cosa.

—Nosotras somos excepcionales, Rosa. Y Lope y el duque también lo son.

Las cosas siguieron igual durante cierto tiempo, pero un día, en Valencia, paseando por la playa, fue Marta quien planteó la cuestión. Cogió un puñado de arena y, mientras lo dejaba escapar por entre los dedos, dijo:

—Voy a quedarme aquí, Rosa; estoy decidida... Quería decírtelo porque pienso que, si hay alguna posibilidad de volver, ha de ser pronto, antes de que alguien cambie los datos y cierre el programa.

Era una mañana de otoño clara y luminosa. El cielo estaba muy azul, el aire templado, el agua tranquila. Olía a mar, y sólo se oía el rumor de las olas y de nuestros pasos en la arena. Eché una ojeada alrededor. El duque de Sessa hacía footing en calzones por la orilla y Lope, con la camisa abierta, tomaba el sol con los ojos cerrados. A lo lejos los criados desplegaban los manteles para la comida. Era un buen lugar para quedarse y siempre habíamos estado juntas. Respiré hondo:

—¿Es por miedo a la vuelta o porque realmente prefieres esto?

Marta sacó del bolsillo un papel doblado y me lo dio. Eran versos, versos de amor. De Lope, por supuesto. Me cogió del brazo y habló con la cabeza apoyada en mi hombro.

—Quédate, Rosa... Siempre lo hemos compartido todo. No tiene por qué ser distinto ahora.

Pero yo pensaba de otro modo y a partir de entonces nuestros esfuerzos se encaminaron a distinto fin. El duque y Lope se dedicaron a proporcionar a Marta una existencia legal. Le consiguieron un apellido, Nevares, una familia y un marido de pacotilla, dispuesto a servir de tapadera a unos amores ilícitos, o, mejor dicho, sacrílegos.

Lo del marido salió mal. Roque Hernández era un hombre de aspecto muy desagradable. Lope decía de él que empezaba a barbar en los ojos y acababa en las uñas de los pies. Y tenía razón: estaba cubierto de pelos hirsutos como los de un oso. Pero lo peor fue que resultó demasiado curioso y exigente, y al final tuvieron que eliminarlo. Ni siquiera me he molestado en buscar pruebas. Créanme: conozco bastante a Sessa como para saber que no las habrá dejado; era muy cuidadoso en los detalles.

Aquello ya no eran las alegres reuniones del comienzo. Las cosas se complicaban cada vez más. Intenté hacérselo ver a Marta. El nombre de Nevares auguraba días amargos para ella. Recordaba habérselo oído a Américo Castro en su conferencia del centenario: Marta de Nevares había sido el último amor de Lope y había muerto joven, ciega y loca. Marta lo recordaba también, fue inútil contárselo. Se había vuelto fatalista, y, además, estaba resentida conmigo por mi decisión de marcharme. Me dijo:

—De ti también dirán que estás loca... si es que consigues regresar.

No volvimos a hablar sobre el tema y yo me dediqué a buscar el sitio exacto al que habíamos sido proyectadas. Todas las tardes me acompañaban a la Dehesa de la Villa. Pensé que Lope venía porque en el fondo temía que Marta cambiase de opinión, o porque no quería perderse el espectáculo, si llegaba a producirse. Se quedaban los dos un poco apartados, sentados sobre la hierba, mientras el duque y yo recorríamos el campo. El que ponía más entusiasmo era Sessa; había dado en la manía de ser proyectado al siglo XX y no le interesaban en absoluto las explicaciones científicas que le dábamos para disuadirlo y convencerlo de las dificultades y peligros. Tenía una mentalidad mágica y milagrera y estaba convencido de que con ponerse a mi lado iría a donde yo fuese, sano y salvo.

Durante aquellos paseos por el campo el duque me hablaba de sus asuntos personales, con una extraña mezcla de impudicia e ingenuidad. Fue entonces cuando me enteré de que coleccionaba cartas de amor y que había conseguido, mediante dádivas a sus amantes, gran parte de las escritas por Lope. También me dijo —y yo lo he transmitido así en uno de mis trabajos más polémicos— que entre las tareas de Lope, como secretario suyo, estaba la de escribirle las cartas amorosas, incluso las más íntimas. Lo hacía por estrategia:

—Las mujeres son tan vanidosas que se ufanan más de un soneto dedicado a ellas que de un buen abrazo.

Se sentía muy satisfecho de aquella colaboración:

—Lope las enamora por carta y yo remato la faena en el lecho.

La víspera de San Juan, justo un año después de nuestra llegada, me di cuenta, de pronto, de que había encontrado lo que buscaba. Eran los mismos matorrales, la misma disposición de los pequeños accidentes del terreno. Llamé a Marta a gritos, nerviosísima. Marta se levantó de un salto y avanzó unos pasos hacia mí. Lope se puso también de pie, pero no la siguió ni intentó retenerla. Se quedó quieto, con los brazos caídos a lo largo del cuerpo, y ni siquiera la llamó. Yo sí, seguí llamándola, pero Marta se detuvo y cruzó las manos bajo la barbilla, como hacía cuando algo la angustiaba mucho. Extendí los brazos hacia ella... y choqué contra la pantalla de proyección del laboratorio.

Miré a mi alrededor: estaba sola. Junto al aparato en el que Marta trabajaba estaban sus horquillas del pelo, la esclava de oro con su nombre y el reloj. El mío estaba a mis pies y un poco más allá el de Arozamena. Los tres marcaban la hora y el día en que todo había comenzado: las doce de la mañana del veintitrés de junio de 1935.

A partir de entonces abandoné los estudios de Física y durante cincuenta años me he dedicado a investigar lo que fue de Marta de Nevares. Creo haber aportado datos suficientes para demostrar que su locura y su ceguera fueron cortinas de humo inventadas por Lope y el duque para justificar el apartamiento social de Marta y su comportamiento, extravagante en una mujer de aquella época.

Mis palabras de hoy son mi última aportación al tema. Sólo me resta añadir algo: Si Lope me hubiera dado a mí aquellos versos, sería ella la que estaría escribiendo estos papeles. Hay cosas en la vida que no pueden compartirse. Espero y deseo que Marta de Nevares, mi querida Marta, haya sido feliz.

Mi querido amigo

A Carlos Casares

Mi querido amigo:

Estoy hecha un lío. Desde hace meses me ronda por la cabeza una historia que no me decido a escribir, pero que tampoco consigo olvidar. Se trata de un hecho real del que fui testigo y del que rápidamente imaginé la prehistoria, lo que sucedió antes del momento en que vi a aquellas personas por primera vez, pero del que no consigo ver con claridad el final.

Es una cosa estúpida de la que no puedo hablar con nadie y que me tiene irritada y obsesionada hasta el punto de que no escribo ni una línea desde entonces. En cuanto me pongo delante del ordenador vuelvo a ver a aquellos tres personajes, pero cada vez en escenas diferentes y con diferentes actitudes que desembocan en diferentes conclusiones. Hace falta haber pasado por una experiencia semejante para poder entender, como tú lo entenderás, que no consiga decidirme por una de las opciones. Y que tampoco consiga salirme del tema. Todos mis esfuerzos para borrarlos de mi imaginación han sido inútiles. En cuanto me pongo a escribir aparecen, dando vueltas una y otra vez, como burros atados a una noria, sin que yo sea capaz de echarlos fuera o de acomodarlos de una vez por todas en una historia coherente. Te digo que estoy harta y que no sé qué hacer.

Y lo más irritante es que no se trata de ningún hecho misterioso o extraño sino de una historia vulgarísima y de lo más común. Los problemas empiezan cuando el tipo con cara de alemán bonachón les dice adiós por última vez a la mujer y al niño desde el control de pasaportes del aeropuerto. Lo anterior se organizó de un modo espontáneo sin ningún esfuerzo por mi parte. Ella, la protagonista, es, con escaso margen de duda, una de las que mi tía soltera llama «las once mil putillas que caen todos los veranos por aquí». Referencia que, por comparación a las once mil vírgenes del santoral, ilustra según ella la degradación de los tiempos presentes; aunque en esto hay discrepancias en la familia. Mi abuelo, que como sabes es masón y republicano, opina, con gran escándalo del mujerío, que, si hay alguna diferencia entre unos tiempos y otros, es a favor de éstos, ya que las putillas veraniegas buscan lo mismo que las vírgenes cristianas sin disfrazarlo de guerra santa. En todo caso, la mujer del aeropuerto parecía y probablemente era una camarera o em-

pleada de bingo o discoteca de las que, en efecto, aparecen por aquí al empezar el verano, junto
con ingleses, alemanes y holandeses, y que de-
saparecen, como aves migratorias, con los primeros fríos.

Nunca me hubiera fijado en ellos a no
ser por el niño. Yo releía con gran placer *La
llave de cristal* mientras esperaba el avión para
Santiago, y me encontraba en un momento especialmente comprometido para Ned Beau-
mont cuando una voz infantil se coló entre las
voces de los gánsteres: «¿Mandarás billetes, eh,
Robert, y también para mí?».

Intenté volver con Ned, que lo estaba
pasando mal —¡qué manera la de Hammett
de resolver las escenas de violencia, y las de
amor!—, pero en contra de mi voluntad tuve
que abandonarlo: el niño, de unos seis o siete
años, tampoco parecía muy feliz; había más
ansiedad que alegría en su voz.

Y, además, era un niño rubio, mientras
que la mujer, casi con seguridad una madre
soltera o divorciada, era muy morena, de una
guapura renegrida: ojos, pelo, piel; todo muy
negro. Y el rubio grandote con cara de buen
chico alemán no era el padre, no, no lo era,
pero quería al niño y trataba de tranquilizarlo.
Le revolvió el pelo con la mano y dijo en un
tono que sonaba sincero:

—¡Pues claro! Enseguida *tickets* para María y Peque.

Después, en un estilo parecido al de los indios de las películas, añadió que él llevar a Peque en trineo y patinar en río helado y algo más sobre una granja y un columpio o balancín. No se entendía muy bien, pero el niño escuchaba extasiado, lanzando rápidas ojeadas a su madre, a las que ella respondía con una sonrisa que a mí me parecía forzada y quizá al niño también, por eso se volvía enseguida al alemán, que resultaba mucho más convincente, aunque no debía de ser alemán, porque no había ningún vuelo para Alemania en las próximas horas y sí uno para Nueva York que justo entonces anunció el embarque. El hombre se levantó y dijo:

—Ahora tengo que irme.

Que el rubio fuese americano y no alemán carece de importancia. Probablemente trabajaba en alguna de las bases militares y antes de regresar a su país había querido darse una vuelta por la Costa del Sol. Una vez aquí habría encontrado a María en cualquiera de los lugares nocturnos frecuentados por extranjeros. Habían ligado, salieron juntos mientras estuvo de vacaciones y, llegado el momento de marchar, ella lo acompañaba al aeropuerto. Todo normal y corriente.

El beso de despedida debería haber puesto punto final a mi curiosidad sobre ellos. Fue un beso precioso de los que sólo se ven en las películas: la mujer rodeó con sus brazos el cuello del hombre. Llevaba zapatos de tacón altísimos, pero aun así su frente apenas si sobrepasaba la barbilla de él, que, bien plantadas en tierra las piernas entreabiertas, la rodeó completamente con sus brazos, apretándola contra su pecho. Ella, colgada de su cuello, echó hacia atrás la cabeza, y la melena negra y reluciente se desplegó en ondas como una bandera. Sus manos de uñas largas y rojas acariciaban la nuca del hombre. Se besaron sin prisa, y antes de separarse se quedaron todavía unos instantes abrazados, mirándose a los ojos. Podía ser un final, yo diría incluso que se echaba de menos la palabra *The End* sobreimpresa en la escena. Pero el niño estaba allí, mirándolos y esperando algo más. El hombre volvió a frotarle el pelo con la mano:

—Tú escribir, Peque. *Remember:* una cruz, un beso; un *redondo,* un abrazo.

Se echó la bolsa al hombro y se fueron hacia el control de equipajes. Allí volvieron a abrazarse los tres juntos. El hombre pasó al otro lado y la mujer y el niño se quedaron aún un rato diciendo adiós. Después ella cogió al pequeño de la mano y se encaminó a la salida, contoneándose sobre los tacones de aguja y con su larga melena ondeando al compás de sus pasos.

Lo lógico hubiera sido que yo me olvidara enseguida de este episodio intrascendente, pero no fue así. Pocos días después, al retomar un relato que había dejado iniciado, comprobé con sorpresa que el hombre que llega en avión a una gran ciudad y coge un autocar para ir a su pueblo no era mi personaje sino Robert, el rubio del aeropuerto. La gran ciudad de la que sale no es Madrid sino Nueva York y, aunque el autocar se dirige a un pueblo del norte que se extiende por un valle verde, el paisaje, la altura de las montañas, los árboles no tienen nada que ver con Brétema. Es otro mundo, es América la tierra que este hombre rubio está contemplando a través de la ventanilla del autocar, y es en María en quien piensa mientras deja vagar los ojos por los enormes espacios vacíos del centro de los Estados Unidos. Me dejé llevar por la curiosidad y me fui con él.

Robert está volviendo a casa, a un pueblo de campesinos y granjeros, en el norte de su país. Durante el viaje, mientras mira distraído por la ventanilla, se acuerda de María, paseándose entre las mesas de la discoteca, con su falda estrecha y sus altos tacones y aquel modo de echar hacia atrás la melena, como si lo hiciera a cámara lenta. También piensa en lo poco que se ha acordado de su familia, de su madre y de su hermana: una carta para confirmar la fecha de regreso, y las blusas bordadas que compró la última semana. De ellas tampoco ha tenido ninguna noticia. Estarían como siempre, para qué iban a escribirle, en el pueblo todo es previsible y en la granja aún más. Su madre estará ahora preparando la cena y un postre de frambuesas para celebrar su llegada. Jane estará esperándolo con el viejo Ford en la estación y hará valer todo lo que ha trabajado durante el tiempo que él ha faltado. Empezará a contárselo ya en el viaje de vuelta a casa, sin preguntarle por lo que él ha visto, por lo que él ha vivido.[La vida no existe para su hermana y para su madre fuera de los límites de la granja y del pueblo. Habrá que esperar al fin de semana para hablar con los amigos, para contarles de las noches en las discotecas, de las playas rebosantes de chicas con los pechos al aire, de las mujeres morenas y ardientes que se mueren de gusto por los hombres rubios.]

imagen del extranjero

Los recuerdos de Robert me llevan a María. Está en el bar del bingo y mira con ojos entornados a un alemán con cara de buen chico alemán, que le propone irse con él cuando acabe el trabajo. A María le gustan los rubios jóvenes y grandullones, que juegan al fútbol con Peque y no se limitan a atiborrarlo de helado. Lo malo es que no suelen tener un duro. Los del dinero son los cuarentones sebosos y los viejancos, más agarrados que un tango y empeñados en amortizar con achuchones cada copa que le pagan. María prefiere los grandullones tímidos que juegan con el niño y hasta se lo llevan al cine, aunque a veces tenga que pagar ella la cena y aunque a veces se pongan un poco pesados, como Robert, prometiéndole al Peque la luna y hablando de casarse y de llevárselos a los dos a una granja perdida entre nieves, sabe Dios dónde. El padre de Peque también iba a llevársela con él, y a casarse; con dos copas de más las promesas salen fáciles y como no son ellos los que después tienen que aguantar al niño: «¿Cuándo vuelve?, ¿cuándo nos viene a buscar?, ¿cuándo mandará los billetes?». Algunos vuelven o escriben. Lo malo es que nunca coinciden bien las cosas, nunca aparece un rubio grandote que quiera casarse y que viva en un lugar donde puedan vivir los cristianos y no sólo los osos polares y las focas. Y encima con una madre viuda y una hermana solterona. Claro que si Robert mandase el dinero de los pasajes, siempre tendría en qué emplearlo. Se compraría un abrigo nuevo para el invierno y podría llevar al Peque a la nieve, si seguía dando la murga con los trineos. María sonríe al rubio con cara de buen chico alemán, que quizá no sea alemán ni buen chico, pero qué más da. Cerramos a las doce, le dice; espérame fuera.

El tipo se marcha y aparece Robert, que va en el viejo Ford camino de su casa. Ha querido que conduzca su hermana porque está cansado del viaje y sobre todo para poder admirar tranquilamente el paisaje. Aún no ha empezado el frío y da gusto abrir las ventanillas y respirar el olor de la tierra. Aprovecha una recta larga y con poco tráfico para darle la noticia a su hermana:

—¿Sabes, Jane? He conocido a una chica estupenda y quiero casarme con ella.

El coche da un bote extraño como si tropezase con una piedra, y Jane no hace ningún comentario. Robert, en tono tranquilo y natural, sigue hablando:

—Te gustará, ya verás; es una chica estupenda.

De Peque, por el momento, no dice nada.

A partir de aquí empezó el lío, amigo mío, y perdí por completo el control de la historia. Los personajes se pusieron a actuar por su cuenta, y esto que, como bien sabes, casi siempre es una buena señal porque quiere decir que tienen personalidad propia y que el relato se encarrila por sí mismo a un desenlace congruente, pues en este caso no fue así. Se diría que se complacen en despistarme, actuando unas veces de una forma y otras en sentido contrario.

Así, mientras Robert y su hermana van en el Ford camino de la granja, María, a quien acabo de ver timándose con el turista de turno, está ahora repartiendo cartones a los clientes con una sonrisa forzada que no oculta el aire de cansancio y abatimiento. Una compañera se le acerca para preguntarle si ha quedado con alguien: Aquellos dos tipos del fondo, le dice, las invitan a una copa. María no ha quedado, pero no quiere salir esta noche.

—Eres tonta —dice la compañera—. ¡No estarás guardándole ausencias!

No, no es eso, pero no le apetece.

—¡Esa manía tuya por los rubios grandullones! —insiste la otra. María está de acuerdo; es tonta y sólo debería salir con tipos que tienen dinero y se lo gastan con chicas guapas sin hacer promesas para el futuro. Pero casi siempre son viejos, y a María le gustan jóvenes, rubios y fuertes, y además Robert no era uno más. Robert era distinto, hablaba tanto de su granja, allá arriba, casi en el Polo Norte, y era cariñoso, estaba enseñándole a escribir a Peque y por las noches le daba un beso, como un padre, y también a ella. La compañera del bingo no tiene padre ni madre, es una inglesa expósita que ha vivido con veinte familias hasta que se escapó del país. Su último padre adoptivo había intentado violarla, así que no entiende eso de besar como un padre. María se esfuerza en explicárselo, porque le tiene simpatía a la inglesa, a quien considera una buena compañera, no envidiosa como otras: quiere decir que la besaba por cariño, sin más, por puro cariño, no para llevársela a la cama...

—¿Es que no follaba? —se extraña la inglesa.

Pues claro que follaba, y muy bien. Pero follar no lo es todo en una pareja. Lástima que ella no sepa decirlo en inglés, lo cariñoso que es Robert. La inglesa dice que bueno, con aire no muy convencido, y que en todo caso, como Robert no está, por qué no se van juntas a tomar una copa con aquellos tipos. María le dice que se lo agradece pero que se lo diga a otra; esa noche ella no quiere salir con nadie. Y cuando llega al apartamento se encuentra la televisión encendida y a Peque dormido sobre su cama con un bolígrafo en la mano y en el suelo una hoja de cuaderno llena de cruces y redondeles. Mientras lo lleva en brazos a la cama piensa que aquélla no es forma de vivir para un niño.

A Robert lo veo metido en la rutina de
la vida diaria. Los días van pasando tranquilamente y él se encarga como siempre de los
trabajos de la granja. Desde su llegada no ha
vuelto a hablar de casarse, y ellas, su madre y su
hermana, evitan el tema, actúan como si nunca hubiese hablado de ello. Robert las conoce
bien y sabe que están esperando que el tiempo
vaya desgastando su iniciativa, como sucede
siempre, ya se trate de comprar un coche nuevo, hacer un viaje o arreglar la casa del otro lado del río.

A los amigos tampoco les habla de María, o, mejor dicho, habla de ella como de las
otras, las que conoció en los primeros días: chicas alegres de cara risueña y cuerpo complaciente; chicas para pasar una noche, nada más.
María es distinta, él lo sabe, pero desde aquí,
desde las bromas con los amigos en los fines de
semana, las diferencias se borran. Y lo mismo
con su madre y con Jane: ¿cómo explicarles lo
del niño? Su madre fruncirá los labios de ese
modo peculiar, un gesto de asco y de desprecio
que él conoce bien. Y Jane, que nunca ha tenido un novio, que ya no es probable que lo tenga, ¿cómo va a entender que se puede ser buena y legal y tener un hijo sin padre?... ¡Para qué
darle vueltas! Nunca les hablará de ella. Pero lo
malo es que no puede olvidarla, que la echa de

menos, sobre todo cuando llega la noche y recuerda sus noches con ella. Y siempre será así, porque en el pueblo no hay chicas como María, ni en los pueblos cercanos tampoco. Quizá en la ciudad, pero uno no se casa con aquellas chicas, no se las presenta a su madre viuda ni a su hermana soltera; son chicas para estar sólo entre hombres, eso lo saben todos los amigos, lo sabe todo el mundo, sin necesidad de decirlo.

A mediados de septiembre una carta de Peque llega a la granja. Robert la ve nada más entrar al comedor. Está sobre la repisa de la chimenea y su madre y su hermana tienen cara de circunstancias. Las dos fingen estar muy ocupadas, pero espían su reacción. Robert dice: «¡Ah, carta de María!», y se la guarda en el bolsillo. Después de comer sale al porche y se sienta en el columpio que su padre colocó allí cuando Jane y él eran niños. Un sol pálido y tibio ilumina la escena. Es uno de sus lugares favoritos en la casa y siempre pensó que sus hijos disfrutarían también de él. Lástima que Peque no sea hijo suyo y que esté tan atrasado; tiene siete años y aún no sabe escribir. Robert pasa los dedos por los renglones de la hoja de cuaderno, por las hileras de cruces y círculos, por las escasas palabras escritas con caligrafía torpe y sin signos de puntuación. Sonríe. Si María escribiese como la maestra o como la hija del médico, no trabajaría en un bar y él no la habría conocido. Y si la maestra y la hija del médico tuvieran unas piernas como las de María y se moviesen como ella, no seguirían solteras y sin novio. Piensa que tiene que tomar una decisión. Se oyen cantos de pájaros y una música suave que podría proceder de una radio. La luz hace brillos y toda la escena se difumina en una neblina de la que va emergiendo otra escena distinta. Creo que eso se llama en cine un fundido, pero no estoy segura.

Ahora estamos en un escenario distinto. Robert está junto a un buzón de correos. Nieva y hace frío y no se oyen pájaros ni músicas. Lleva en la mano la carta de María sin abrir. Ha tachado su dirección y ha escrito «desconocido». Ha tenido que ir hasta la ciudad con el pretexto de conseguir una pieza de repuesto para el tractor, porque en el pueblo todos se conocen y el cartero se presentaría en la granja a preguntar qué quería decir aquello de desconocido. Robert mete la carta en el buzón y comprueba que ha entrado bien. Se siente bastante miserable, pero también triste, y eso lo reconcilia con su conciencia. Su primera obligación es cuidar de su madre viuda y su hermana soltera. Se ha sacrificado por ellas, piensa satisfecho.

A mí esta escena me gustaba para final del relato. Pero resulta que María, cuando sale para el bingo, ve asomar un sobre en el buzón de su casa. Parece publicidad y lo guarda en el bolso sin fijarse. Piensa leerlo en cuanto tenga un rato tranquilo; a veces los folletos de turismo le dan ideas de nuevos trabajos. La temporada de verano está acabando y habrá que empezar a mirar algo en Madrid para el otoño, algo para vivir y mandar a Peque al colegio. Varias horas después, ya bien avanzada la noche, va al baño a retocarse el maquillaje. Al abrir el bolso ve el sobre y se sobresalta: es una carta, no un folleto. La abre allí mismo, la lee dos veces, tres, cuatro, antes de ponerse a llorar y salir del baño ahogándose en un llanto nervioso.

La compañera inglesa se le acerca rápida y enseguida un camarero, y la chica del guardarropa, y el chico de seguridad. Algunos clientes se dan cuenta y preguntan qué pasa. El encargado del local, ayudado por la inglesa, se apresura a llevársela a un cuarto privado porque teme que sea algún asunto de droga. María nunca ha tenido problemas de esa clase, es ya el segundo año que la contrata, pero por si acaso. María se deja conducir dócilmente por el encargado mientras llora y repite bajito:

—Me voy, me voy... Nos vamos.

El camarero pregunta qué es lo que dice María de un polo, y la inglesa le explica que

un americano que está en el Polo Norte le manda los pasajes para que se vaya con él, y también
el niño. Después, a unos clientes habituales,
una pareja mayor que se interesa por María,
les dice que el novio quiere que vaya a reunirse
con él. La mujer se compadece: «¡Pobrecilla! ¡Al
Polo Norte!, no me extraña que llore». La inglesa se echa a reír. Llora de alegría. Es buena
chica, pero un poco de aquí, les dice, y se señala
la cabeza. Muy enamorada, demasiado enamorada, añade con aire de experiencia.

También esto podría ser un final. No
muy verosímil, pero cosas más raras se han visto. Un enamoramiento furioso puede durar va-
rios meses, y con el calor del verano aún en la
sangre el chico pudo mandar a buscar a la mujer y al niño. Lo que pasase después sería ya
otro cuento. Pero en todo caso no vale la pena
discutirlo porque no es el final.

La escena siguiente ocurre en una agencia de viajes. María está preguntando si puede
devolver los pasajes y quedarse con el dinero.
No comprende por qué no puede ser. Si los
pasajes son para ella y están abonados, quiere
decir que son suyos, y que por tanto ella puede
disponer de ellos y hacer lo que le dé la gana.
Pero no, no puede ser: o se utilizan o se cance-
lan. El dinero sólo se puede devolver a quien
los ha pagado. María no insiste, prefiere mos-

trarse desdeñosa que interesada. Pregunta por curiosidad el importe y lo compara mentalmente con su sueldo. No puede evitar un suspiro de contrariedad: es una lástima perder tanto dinero. Saca un cigarrillo y el empleado de la agencia se lo enciende, le dice que está seguro de haberla visto antes, no sabe dónde, ¿acaso trabaja en la televisión?, ¿es una modelo? María deja escapar despacio por sus labios una bocanada de humo y lo mira por entre aquella niebla azulada entornando los ojos. Es un gesto que aprendió en una película y que ha ensayado delante del espejo; le sale muy bien. El de la agencia de viajes es moreno y delgado, joven, y con cara de listo. No es su tipo, pero nunca se sabe. Le dice el nombre del bingo donde trabaja. Él asiente con la cabeza y a continuación pregunta:

—¿Y con los pasajes qué quiere hacer? ¿Los confirma o los cancela?

María dice con una leve sonrisa:

—Lo pensaré...

Y se marcha moviendo las caderas, segura de que el tipo la está mirando y de que una noche de éstas aparecerá por el bingo.

Ya en la calle, María recuerda el precio de los billetes y suspira hondo. Camina despacio, por la acera del sol. Piensa que donde Robert vive debe de estar ya todo cubierto de nieve...

Y para colmo una suegra viuda y una cuñada solterona... Pero Peque sigue acordándose de él, y a Robert le gusta viajar, y los americanos, según dicen, cambian mucho de residencia...

Pues bien, mi querido amigo, así estoy: sin saber qué decidió María sobre los billetes de avión, ni si Robert llegó siquiera a mandarlos. Ya no sé qué hacer con esta historia. A veces me dan tentaciones de publicarla tal cual está, para ver si con el exorcismo de ponerlos por escrito me libero de ellos. Dime qué piensas tú.

Espero tus noticias. Recuerdos a Cristina y un abrazo muy cariñoso para los dos de vuestra confusa y bloqueada amiga.

Marina

Eva de mi alma

Eva de mi alma. Soy yo...

¡No cierres la página! ¡Por favor, Eva! ¡He aprendido a usar esta cosa sólo para poder hablarte! Cincuenta mil calas un cursillo de cinco mañanas, y un pastón por meter la carta en todos los buscadores. Así que, por favor, lee lo que tengo que decirte, y si después te empecinas en seguir dando la callada por respuesta, pues allá tú, yo no puedo hacer ya nada más ni para justificarme ni para dar contigo. Lo he intentado todo antes de recurrir a esto, que ya sabes que a mí no me gusta airear nuestros asuntos a la vista de todo el universo mundo, pero lo dicho, no he encontrado otra forma de hablar contigo y, como tú eres tan aficionada a Internet y el portátil te lo llevaste, pensé que mejor esto que acudir a *Quién sabe dónde.*

Bueno, pues ahora que pienso que me estás leyendo no sé cómo empezar. Quiero pedirte perdón, quiero reñirte, quiero decirte que tú eres la persona más importante en mi vida, la única a la que llevo queriendo treinta años, toda la vida, Eva, y que te echo desesperamente de menos, y que no está bien que te hayas ido así, desaparecer de este modo... ¿Y si tu padre se pone enfermo y quiere verte antes de morir, di, adónde te avisan? Porque he estado en la residencia y el pobre no tiene ni idea de lo que pasa. No le he dicho nada, claro. Se sorprendió un poco de verme, pero ya sabes cómo son los viejos, cogió las chocolatinas y de ti no me dijo nada; que había hablado contigo y que estabas bien, pero no sabía ni cuándo lo habías llamado. La encargada tampoco lo sabe. Lo único que les importa es que los recibos se paguen puntualmente y eso sí que lo has dejado resuelto en el banco.

Tu padre está bien, no quiero preocuparte, te lo digo porque a estas edades en cualquier momento se vienen abajo y deberías haber dejado una dirección. Son seis meses ya, Eva, una enormidad, una eternidad... ¡Y qué locura pedir la excedencia! ¡Qué vas a hacer cuando te canses de estar ahí encerrada en ese pueblo perdido! Porque estoy segura de que te has ido a un pueblo, aunque la idea no ha sido mía. Me lo dijo Pablo: «Se habrá ido a un pueblo del sur, siempre ha querido irse». Y que te dejase en paz. Es medio bobo, Eva, siempre lo ha sido. Ni siquiera se preocupó por la situación. Dijo que a ti te sobraban recursos para abrirte camino en cualquier parte del mundo y que ya volverías cuando te apeteciese. No se siente culpable por todo lo que ha pasado mientras que yo me desespero de remordimientos. ¡Cómo se puede ser tan simple! ¡Y cómo has podido tirar por él a la basura primero tu carrera y ahora tu vida! En fin, no quiero volver sobre ello porque sé de sobra que te molesta, pero alguna virtud oculta de gran tamaño y poderío debe de tener el bueno de Pablo para tenerte a ti tan... ¿tan qué? Porque enamorada no estabas, Eva. Estabas a gusto con él, tranquila, y bien en la cama, sin duda, pero no podías hablar con él más que de fútbol o de sucesos. Yo no puedo entender que una mujer como tú sacrifique un brillante porvenir profesional por alguien con quien apenas puede hablar. Te dejaste primero la embajada, que aquello ya fue una locura, y ahora la plaza de Madrid, ¿qué vas a hacer cuando te canses de estar ahí? ¿Oposiciones otra vez? Pero, en fin, esto es peccata minuta. En eso Pablo tiene razón: cuando vuelvas, enseguida encontrarás trabajo, te sobran méritos y talento. Lo que me preocupa es que te hayas ido sin decirme nada y sigas sin dar señales de vida. Me temo que es por mi culpa y me desespera, porque lo último que yo quería era hacerte daño, Eva, por Dios, tienes que creerme, tienes que hacer un esfuerzo para entenderme, como lo hice yo tantas veces para entenderte a ti...

Yo sólo quería probar si aquello resultaba convincente. Ponte en mi lugar: se te ocurre una idea, empiezas a escribir y cuando ya
tienes el tinglado en marcha te entra la duda
de si resulta creíble. Uno no es buen juez de sí
mismo, es muy difícil juzgar lo que tú misma
haces: a veces todo te parece estupendo y a veces te parece horrible; depende más del estado
de ánimo que de otra cosa. Y cuando empiezas
a dudar de lo que haces ya no puedes trabajar
en paz. ¿Y si todo resulta inverosímil, o ridículo, y estás construyendo un edificio sobre una
base inconsistente?...

La idea era buena: una mujer le envía al
hombre al que admira y del que está enamorada desde hace años una serie de cartas confe-
sándole sus sentimientos. Después, avergonzada
y temerosa del ridículo, se aparta para siempre
de él, sin llegar a saber nunca que sus cartas
han despertado el interés de aquel hombre.
A partir de ese momento las dos vidas, la de la
mujer que huye y la del hombre que intenta
encontrarla, se desarrollan paralelamente sin
llegar a coincidir nunca. Ya sabes, esas historias de lo que pudo ser y no fue, que a mí me
fascinan. Todo iba muy bien hasta que me en-
tró el reconcomio de que las cartas no eran lo
bastante sugestivas como para despertar el interés de un tío; mejor dicho, me sonaban a litera-

rias, a poco auténticas, y, si eso fallaba, la novela se venía abajo, ¿lo comprendes? Tenía que
encontrar una solución. Tú sabes cuántas veces
te he pasado a ti lo que escribía y te he pedido
tu opinión, y he hecho caso de tus observacio-
nes. Pero esto era distinto. Necesitaba la opinión de un hombre, y, más que la opinión,
una prueba de que aquello funcionaba en la
realidad. Así que se me ocurrió la malhadada
idea de enviárselas a alguien para comprobar si
resultaban creíbles.

Sé de sobra que es una idea estúpida
por dondequiera que se mire: que alguien se
las creyese no garantizaba su valor literario ni
su credibilidad en la novela. La vida y la literatura se desarrollan en planos diferentes. Y todo depende de cómo se cuente. Algo puede ser
real, haber sucedido, y al contarlo sonar a fal-
so. Y una pura invención inverosímil puede
parecer lo más real del mundo. Y tú lo sabes, y
sabes que yo lo sé, y por eso no te crees que le
mandé esas cartas a Pablo para comprobar su
eficacia. Pero piensa un poco, ¿para qué iba
a hacerlo si no?...

Yo no quería tener una aventura con él,
Eva, te lo juro por mis muertos. A mí Pablo
no me atrae, te lo dije desde que lo conocimos,
cuando aún no estaba claro que tú le gustases
a él. Yo necesito admirar a un tío, incluso para

irme a la cama, qué quieres, es una limitación. Con Pablo, cuando estábamos los tres, yo me divertía, incluso cuando soltaba simplezas como la de decir que lo que a mí me hace falta es un hombre con los pantalones bien puestos y menos intelectualidad. Pablo es alegre y espléndido, siempre dispuesto a invitarme y a cargar con mis paquetes; no se le puede pedir más. Pero a solas me aburro con él a morir, se me agota la conversación en cinco minutos y nunca se me ocurrió tirarle los tejos, ni él me los tiró a mí. Somos incompatibles en ese sentido, y tú deberías saberlo.

En cuanto a que buscaba apartarlo de ti... Mira, Eva. Tú siempre estás viendo segundas intenciones en todo el mundo y le buscas tres pies al gato cuando tiene cuatro. Y te equivocas, a pesar de ser tan inteligente. Ni Pablo es tan espontáneo como tú creías, ni tan sincero, que bien se calló lo que le convenía cuando llegó el momento; ni yo soy tan malévola y retorcida como imaginas. Yo estaba ya resignada a compartirte con Pablo. Siempre te he compartido con un tío, y con Pablo te veía más que cuando estabas con el innombrable, por ejemplo, que te tenía sorbido el seso y no vivías más que pendiente de su persona. Y con tu marido tampoco fueron muy buenas nuestras relaciones a causa de sus celos absurdos. O sea, que después de cuatro años de tranquilidad no iba yo a empezar una campaña contra Pablo. Los hombres no son imprescindibles, pero está bien disponer de uno que te quiera y se preocupe por ti; es agradable y útil. Y Pablo ha sido el que menos guerra ha dado, eso tengo que reconocerlo. Aunque no te lo creas, yo también lo echo de menos, me había acostumbrado a contar con él para las salidas nocturnas; era como llevar un guardaespaldas, y desde que me atracó aquel tipo del cuchillo hasta dejó de parecerme mal que practicase artes marciales y que llevase pistola. Me sentía segura y eso era más fuerte que mis reparos a la violencia y a las armas de fuego. Y te puedo asegurar que me siento tan abandonada como tú; vaya, no como tú, pero casi.

Le mandé a él las cartas porque era el único hombre que conozco que reunía las características necesarias. No era nada fácil encontrar uno. Tenía que ser alguien que tuviese mujeres alrededor en su trabajo, alguien como un profesor, un médico de hospital o... un jefe de personal. Reconoce que Pablo era el candidato idóneo: no sólo las innumerables vendedoras de su departamento sino cualquiera de sus clientes podía ser la que hubiese escrito. Y además era la única persona con quien yo podría comprobar si las cartas funcionaban o no. Hubiera preferido a alguien con un poco más de sensibilidad, de refinamiento psicológico, porque las cartas expresan matices sutiles del sentimiento que yo dudo, perdona que te lo diga con tanta sinceridad, que Pablo capte. Pero no encontré a nadie mejor que él en mi entorno y decidí mandárselas.

Lo que yo esperaba era que él te comentase que las había recibido, o que me lo comentase a mí. Un tío recibe una carta de una desconocida declarándosele y lo lógico es que se lo cuente a la mujer con quien convive desde hace años. Tanto si se la cree como si no, ¿no te parece? O que se lo comente a una amiga. Yo lo creía así y aquellos días me hice la encontradiza y procuré verlo a solas, hasta me pasé un día por los almacenes después de la tercera carta, arriesgándome a despertar sus sospechas, porque ya no aguantaba con la impaciencia. Pero nada. Ni una palabra. Le envié la última y seguí esperando. En vano. No sabía qué pensar. Lo único claro es que no te había hablado de aquellas cartas, porque tú me lo hubieras dicho. Y eso me llevó a pensar que se las tomaba en serio y que no quería preocuparte o despertar tus celos. Si le hubiesen parecido una broma o cosa de una loca te lo hubiera dicho. Además a él lo encontraba más callado que otras veces y menos dispuesto a acompañarnos a espectáculos o salidas. Pero como tú no parecías darte cuenta, lo dejé pasar y di por concluida la prueba satisfactoriamente: un tío se había creído las cartas, se lo había ocultado a su mujer y lo más probable era que anduviese durante algún tiempo indagando a su alrededor a la búsqueda de la misteriosa mujer que se las enviaba. Eran creíbles, por tanto. Así que, tranquilizada en mis dudas, seguí trabajando en la novela y me olvidé del asunto.

Cuando unos meses después me dijiste que Pablo tenía una amante y que ibas a dejarlo no se me ocurrió relacionarlo, Eva, y nada de lo que tú decías me hizo acordarme de aquello. A ti lo único que te importaba era que Pablo se hubiese enamorado de otra; no querías saber nada de ella ni luchaste por defender tu relación con él, que eso tampoco es manera de reaccionar. Una cosa es que Pablo no sea santo de mi devoción y otra tirar la toalla de ese modo en cuanto aparece cualquier elementa dispuesta a incordiar. A fin de cuentas eran cuatro años de convivencia y tú te dejaste una embajada, que estaba en el quinto pino y rodeada de negros, de acuerdo, pero reconoce que pasar de embajadora a pareja de un jefe de ventas de grandes almacenes sólo se entiende si es el amor de tu vida. Y al amor de tu vida no se le deja ir así, de rositas, como si fuese uno más, como si no te importase. Que eso de que necesitas sentirte muy querida para vivir con alguien no acabo yo de entender si es falta de seguridad o es soberbia, Eva. Tu forma de cortar en seco, cuando él te planteó que se había enamorado de otra mujer, más bien parecía orgullo que otra cosa. Que Pablo es un poco tonto, pero un cabrón no es, y le gusta proteger y sentirse imprescindible, y si tú le hubieras dicho que lo necesitabas, si le hubieras hecho ver lo importante que era en tu vida, como hizo la otra, él hubiera seguido contigo, estoy casi segura. Por eso Pablo no cree que te hayas ido por su culpa, cree que es por mí, porque te he utilizado como un conejillo de Indias, dice, vaya simpleza. Además, en todo caso a quien he utilizado es a él, no a ti...

Pero, en fin, Eva, tienes que perdonarme si te hice daño involuntariamente, y tienes que entender por qué lo hice. Cuando Pablo me explicó que se había enamorado de una mujer que le había escrito unas cartas declarándole su amor, te confieso que lo primero que sentí fue una satisfacción sin límites. Perdóname, me avergüenza tener que reconocerlo, pero fue así; sentí un ramalazo de alegría que resulta difícil de explicar y de justificar. Era como si hubiera conseguido crear un ser vivo: algo que había salido de mi cabeza había tomado cuerpo, y yo experimentaba una sensación como la que debió de sentir el doctor Frankenstein ante su Criatura. Pero no me creas un monstruo. Enseguida pensé en ti, y pensé que todavía podía arreglar las cosas. Estaba claro que una mujer se había declarado autora de mis cartas, había usurpado el papel de mi personaje, pero yo podía desenmascararla mostrándole a Pablo los originales, y entonces él rompería con aquella impostora y volvería a ti, arrepentido y con el rabo entre las piernas.

Lo hice así, pero la vida es más complicada de lo que pensamos y las personas tienen recovecos a los que es difícil acceder. ¿Tú te acuerdas de aquella mujer que me escribió contándome que estaba casada con un guardia civil, pero que siempre había estado enamorada de otro hombre, desde niña? Una historia preciosa, de esas que a mí me gustan, con un amor contrariado que dura toda la vida; y de las que a ti te gustan también porque la mujer había sido capaz de sobreponerse al ambiente sórdido de la aldea y a la brutalidad del marido y se había convertido en una empresaria..., ¿te acuerdas? Pues me ha escrito el marido, el guardia civil, y no parece que sea el malo de la historia, ni ella la víctima, más bien al contrario. ¡Ay, Eva!, y yo que lo veía tan claro, y resulta que no, que el único malo va a ser el novio, que parecía tan buena persona. Y menos mal que el novio está muerto porque si no, seguro que me escribe para darme la tercera versión y complicar aún más las cosas.

Y ahora con lo de Pablo me vuelve a pasar lo mismo, porque resulta que esa mujer de la que se ha enamorado le dijo que las cartas eran suyas porque ella me había escrito a mí al consultorio de la revista para contarme su caso, y que yo lo había puesto en bonito y en bien escrito, pero que las cartas eran tal cual lo que ella me había contado. Yo primero me indigné y dije que aquella mujer era una embaucadora y una farsante, y que yo no necesitaba copiar a nadie para escribir una novela. Pero ella me vino a ver y las cosas no son tan sencillas. Tampoco ésta es la mala de la historia, Eva. Es una infeliz, una ingenua, una buena persona que compensa sus frustraciones en la vida leyendo novelas y escribiéndoles de vez en cuando a los autores. A mí me admira muchísimo, se ha leído todas mis obras, pero no creas que esto ha influido en mi opinión sobre ella, aunque quizá sí, no sé...

Lo que quiero decir, lo que ella me contó, es que cuando Pablo empezó a interesarse por ella le pareció un milagro, y por eso a mí, que lo he hecho posible, me mira como si yo fuese santa Rita, abogada de imposibles.

Hacía diez años que lo adoraba en silencio, ¡diez años!, imagínate, desde mucho antes de que nosotras lo conociésemos. Ella debe de andar ahora por los cuarenta y cinco, pero está muy bien conservada, estilo monja, ¿sabes?, muy pálida y muy arregladita, y mira a Pablo con tal adoración que él a la fuerza tuvo que fijarse en ella en cuanto empezó a indagar sobre quién podía ser la autora de las cartas. Y ésa es otra, Eva, que creo que es verdad que me escribió a la revista y que es posible que yo haya leído aquella carta. No me acuerdo, pero, como hace tantos años de eso, quizá se me quedó en la cabeza y ha salido después. Lo cierto es que hay coincidencias chocantes, por ejemplo, lo de citar versículos de la Biblia. Ella se sabe de memoria *El Cantar de los Cantares* y le recita a Pablo lo de «Como manzano entre los árboles silvestres es mi amado entre los mancebos. A su sombra anhelo sentarme y su fruto es dulce a mi paladar», que yo metí en una de las cartas. Así que a Pablo no le importa que no las haya escrito ella, porque está convencido de que yo sólo he sido la amanuense, la escriba, pero que los sentimientos son de ella y de ella los he tomado yo. Así que aquí me tienes convertida en instrumento de la divina Providencia. Ella cree que Dios me ha puesto en su camino para que los dos se encuentren y Pablo, de decir lo de conejillos de Indias, ha pasado a que no hay mal que por bien no venga y a que Dios escribe derecho con renglones torcidos.

Son tal para cual, Eva, lamento decirlo, pero la verdad es que yo nunca he visto tan contento a Pablo, contigo siempre estaba un poco tenso, esforzándose por dar el do de pecho, y ahora se le ve relajado, satisfecho, tranquilo, feliz. Y ella está en éxtasis permanente, como tú en los buenos momentos con el innombrable, pero más en plan de sí buana, nada de intercambiar ideas; ya sabes, con Pablo no hay muchas ideas que intercambiar, pero ni falta que le hace: lo mira, lo adora, y es feliz también.

La única desgraciada soy yo, y quizá tú, aunque no lo creo. Seguramente habrás encontrado ya otro Pablo, quiero decir un tío que te dé compañía y gusto en la cama. Y yo, ¿qué? ¿Te parece bien dejarme así después de una amistad de toda la vida? Desde la escuela, Eva, acuérdate de que ya en el primer día de párvulos nos peleamos...

Pablo me dijo que te dejase en paz, que si te habías ido así es porque necesitas estar sola y que yo me meto demasiado en tu vida. No sé si la idea se le habrá ocurrido a él solito o si tú le dijiste algo sobre esto. A lo mejor no es tan tonto como a mí me parece. ¡Por favor, Eva,

contéstame! Yo no quería hacerte daño, ni apartarlo de ti, te lo juro; no me conviertas en la
mala de esta historia. Ha sido el destino, ¿no
te das cuenta?

Y ahora que todo ha pasado ya, vuelve
conmigo, o dime dónde estás y yo voy. Yo sólo necesito una mesa y unas cuartillas; puedo
ir a donde tú prefieras. ¡Y tenemos tanto que
hablar, tanto que ver, tanto que hacer juntas!
Vuelve o llámame.

Te espera siempre y te quiere.

Lilith

Muy señor mío

A Darío Villanueva

Señor Rector:

En uso y disfrute de la simplificación bu-
rocrática tan esperada y deseada, me dirijo a usted
lisa y llanamente para exponerle lo que consi-
dero injusto tratamiento recibido en mi situación de doctorando por parte de su colega don
Ramón Álvarez de Castro, catedrático de Literatura Española de la Facultad de Filología de esta Universidad que usted tan dignamente rige.

Permítame antes de nada presentarme.
Mis apellidos son Fernández Fernández; mi
nombre, Guillermo (Willy para los amigos);
mi profesión, detective privado. A un erudito
como usted le habrán bastado estos datos para
situarme. En efecto, yo soy el investigador que
participó en el caso de la muerte de Rafael Lou-
rido, sobre el que tanto se habló y en el que su
amiga Marina Mayoral se basó para escribir la
novela *Al otro lado.*

Una vez dicho esto, creo que es mejor
empezar por el principio para que tenga usted
entera noticia de mi persona y pueda hacerse
cargo de mi situación actual.

Yo nací, señor Rector, en la plaza de la Azabachería, en la portería del inmueble que pertenecía al conocido y respetado juez don Amadeo Villamor y Fuertes de Villaviciosa, que residía en el primer piso con su familia legal; quiero decir con su suegra, su esposa, enferma y encamada desde los treinta años, y sus tres hijas, solteras hasta la actualidad. La hija mayor, casada, vive en el segundo. Mi madre, María Fernández Fernández, una mujer guapa, honesta y lista, cuya única falta, cometida por amor, la hizo víctima de la condena de una sociedad hipócrita y mezquina, era la hija de la portera. Mi padre no será necesario que le diga a usted quién fue.

Aquí empiezan las discrepancias con su colega el catedrático de Literatura. Se niega a aceptar cualquier afirmación que no vaya avalada por una prueba documental. La inducción, la deducción, las conclusiones derivadas de un análisis lógico de los hechos, le parecen novelerías; y los testimonios verbales, murmuraciones. Y yo me pregunto, ¿a qué quedaría reducida la historia de la literatura si desdeñásemos los testimonios transmitidos de viva voz por amigos, conocidos, allegados y parientes? ¿Por qué se considera más probatoria una carta que una confesión oral? Y en lo que concierne a mi tesis doctoral, ¿cómo pretende que encuentre pruebas documentales de crímenes cometidos hace más de un siglo? ¿Es que acaso los asesinos se dedican a contarles sus planes a los amigos o a ponerlos por escrito en un diario? ¿Cómo Fernán Caballero, tan prudente, tan lista, tan calculadora, iba a dejar testimonio escrito de sus maldades? Pero no quiero, señor Rector, adelantar los acontecimientos sino exponer a su consideración los hechos de modo ordenado y cronológico.

Muerto repentinamente don Amadeo y desaparecida con él la generosa subvención con que pagaba mis estudios, tuve que interrumpirlos nada más acabar el bachillerato. Me puse a trabajar a los diecisiete años, para no mermar con mis gastos el ya de por sí escaso peculio de mi madre y de mi abuela, que, excuso decirle, no contaban con la simpatía de la familia de don Amadeo, y temían verse en la calle bajo cualquier pretexto.

La casualidad y cierta innata inclinación me llevaron a la oficina de la Agencia Internacional de Detectives Privados. Mi madre le lavaba la ropa al Sebas, que es policía, retirado del servicio por invalidez, y propietario del bajo en el que vive y en el que ha instalado, en la habitación que da a la calle, una mesa de despacho con una máquina de escribir y un teléfono, y una placa en la puerta. Lo de internacional lo decía por un cuñado que trabajaba en Alemania y que, junto con una sobrina, camarera o algo así en un bar de Marsella, eran su conexión en el extranjero. El Sebas no habla idiomas, ni falta que le hacía para vigilar a los cónyuges sospechosos de infidelidad, fuente principal de los ingresos de la agencia. Sus viajes más largos fueron a Madrid y en una ocasión a Barcelona. Cuando la gente empezó a tener dinero y a largarse a París y a Londres, Sebas ya no estaba para trotes y me encargaba a mí de seguirles la pista.

Yo estaba acostumbrado desde pequeño a llevarle una vez por semana la bandeja de mimbre con las camisas planchadas y la muda, ocasión que él aprovechaba para encargarme tabaco o cervezas, e incluso para que le ayudase en sus tareas de vigilancia.

Un niño no despierta sospechas y yo siempre he tenido habilidad para esta profesión. Así que de forma natural, al dejar los estudios, lo primero que se me ocurrió fue proponerle al Sebas que me nombrase su ayudante. Él, que es extremadamente prudente, dijo que antes de pagarme tenía que pasar un período de prueba, porque no estaban los tiempos para dispendios y temía que un ayudante mermase en exceso sus ganancias. No sucedió así, sino todo lo contrario. Enseguida empezó a tener más trabajo porque, como la mayoría del tiempo se la pasaba siguiendo a alguien o sentado en un café o en un banco tras un periódico, esperando que saliese el individuo o la pareja en cuestión, la oficina estaba cerrada gran parte del día y mucha gente que iba con la intención de encargarle una pesquisa, al no encontrarlo, se desanimaba, y muchos no volvían a aparecer. Así se lo hice yo ver y él estuvo conforme, al constatar que, desde que se quedaba en la oficina, porque a mí me puso enseguida a trotar la calle, rara era la semana en la que no surgía un nuevo caso.

Fue la prudencia, o mejor habría que decir la falta de ambición, la estrechez de miras del Sebas, lo que impidió que nos desarrollásemos y nos convirtiésemos en una agencia importante. Todas mis sugerencias cayeron en el vacío. Su máxima aspiración era tener un piso en Alicante adonde retirarse para tomar el sol cuando le apretase el dolor en su antigua herida de la espalda, y nunca consintió ni siquiera en mejorar el aspecto de cuchitril de la oficina. Hasta mis tarjetas he tenido que pagarlas yo. Esa falta de horizontes profesionales, unida a los ruegos de mi madre, que añoraba los tiempos de su relación con don Amadeo, fue la que me empujó a continuar los estudios en vez de abrir por mi cuenta una nueva agencia. También he de decir que no me gustaba la idea de hacer la competencia a quien en momentos de necesidad me había tendido una mano, máxime teniendo en cuenta que el Sebas está ya viejo y en cualquier momento yo tomaré las riendas del negocio.

Todas estas consideraciones me llevaron a matricularme en la Universidad y a cursar la carrera de Literatura Española, por considerar que es la que da una cultura más amplia. Un detective que se precie ha de hablar con propiedad y moverse con soltura en cualquier ambiente para no despertar sospechas. Además, ya desde mis tiempos del bachillerato, había yo observado la enorme cantidad de puntos oscuros, de misterios sin resolver, que se encuentran en cualquier período de nuestra historia literaria. No me refiero sólo a la muerte del duque de Villamediana, con la casi segura implicación del rey celoso en el asunto, ni a la de García Lorca con todas sus resonancias políticas, sino a asuntos mucho más sutiles: ¿Qué me dice del presunto suicidio de Larra? ¿No estaba con él Dolores Armijo, dispuesta a recuperar sus cartas a cualquier precio antes de reunirse con su marido? ¿Y cómo se explica el también presunto suicidio de Ángel Ganivet, adalid del cristianismo?

De todos esos casos, uno llamó especialmente mi atención por la complejidad del carácter de la protagonista y por la habilidad con que supo camuflar su responsabilidad en las sucesivas muertes que jalonaron su carrera literaria. Me refiero a Cecilia Böhl de Faber, que ocultó su nombre y su condición femenina bajo el seudónimo de Fernán Caballero.

En la documentación adjunta podrá encontrar los testimonios que demuestran las ideas que aquí expongo resumidas a su consideración, para que usted juzgue, señor Rector, si mi trabajo es digno de ser presentado públicamente ante el tribunal competente, derecho que su colega el catedrático de Literatura Española, en mala hora designado supervisor de mi trabajo por enfermedad de mi primer director, me niega.

Éstos son los personajes y los hechos:

En 1796 Juan Nicolás Böhl de Faber, nacido en Hamburgo en el seno de una rica familia de comerciantes, contrajo matrimonio con Francisca Larrea, gaditana de madre irlandesa. El 24 de diciembre de ese mismo año nació en Suiza la primera de las hijas del matrimonio, Cecilia. En los años siguientes vinieron al mundo un niño y dos niñas más. Aparte de estas tareas conyugales, don Nicolás se dedica intensamente a los negocios con el fin de amasar una rápida fortuna que le permita retirarse del comercio y dedicarse a su verdadera vocación: el cultivo de las Humanidades y en particular el de la crítica literaria.

El matrimonio del alemán y la gaditana no se puede decir que fuese un oasis de paz. Don Nicolás está profundamente enamorado de Frasquita, una mujer atractiva, lista, culta y graciosa, pero que carece de las virtudes de la modestia, prudencia, docilidad y obediencia que el ex comerciante y erudito hombre de letras considera consubstanciales al sexo femenino en general y a las esposas en particular. Frasquita tiene talento literario, cualidad que su marido no posee, y disfruta reuniendo en los salones de su casa a mujeres que participan de sus inquietudes culturales. Don Nicolás detesta de todo corazón aquellas tertulias. En una carta a Mr. Campe, su antiguo preceptor, que encontrará entre los documentos que le adjunto, le confiesa que no hay peor tortura para él que entretener en las tertulias de su esposa a las mujeres intelectuales. Asimismo en repetidas ocasiones le manifiesta a la inquieta Frasquita cuánto le molesta que se dedique a leer libros «tan poco recomendables» como *A Vindication of the Rights of Women* de Mary Wollstonecraft.

En 1805, considerando que su fortuna es ya suficiente para atender a las necesidades de la familia, don Nicolás decide abandonar Cádiz y retirarse a una finca próxima a Hamburgo para comenzar su labor intelectual. Frasquita Larrea apenas aguanta un año el régimen espartano que su marido pretende imponerle. En abril de 1806 regresa a Cádiz con las dos niñas menores, dejando con su marido al hijo varón y a Cecilia, que tiene entonces nueve años.

Aquí empieza a fraguarse la conflictiva personalidad de la que va a ser la primera novelista famosa en España. Cecilia se queda con su padre, que ha sido abandonado, que detesta a las mujeres independientes e intelectuales, y que va a transmitir a su hija su concepción de la femineidad y de las obligaciones inherentes a ella.

De su resentimiento es buena muestra la carta a su suegra en la que acusa a Frasquita de no ajustarse a los cánones de una buena esposa:

Si mi mujer ha tenido la inconcebible locura de imaginarse que tal cual es ahora es necesaria para mi felicidad, está atrozmente engañada. Si no quiere ser otra ha hecho muy bien en marcharse; cuando ella cambie, cuando se convierta en humilde, dócil, obediente, complaciente y económica, será recibida por mí con los brazos abiertos.

Ya ve usted por dónde van los tiros. De los abundantísimos testimonios que aporto del rechazo de don Nicolás al cultivo de la inteligencia femenina, selecciono quizá el más revelador. Esta frase que aparece en una de las cartas escritas a su maestro Campe:

No he encontrado todavía una mujer a quien la más pequeña superioridad intelectual no produzca alguna deficiencia moral.

A Frasquita lo que diga o escriba su marido la trae al fresco. La invasión napoleónica le proporciona el pretexto para quedarse seis años en España, haciendo su santa voluntad, sin tener que romper los lazos legales que la unen a don Nicolás y sin someterse a sus imposiciones. Al final es él quien cede, y no cabe duda de que lo hace por amor. Don Nicolás se viene a vivir a España, participa en las tertulias de su mujer, la hace a ella partícipe de sus investigaciones literarias y se convierte al catolicismo: todo un triunfo para la bella e inteligente mujer que fue Francisca Larrea. Hay que decir que don Nicolás, rendido con armas y bagajes a su esposa, vive feliz en una ciudad de buen clima, rica, alegre y culta, como es Cádiz a comienzos del siglo XIX.

Sólo un lunar entenebrece la felicidad del matrimonio de nuevo reunido: Cecilia.

Durante seis años Cecilia ha recibido una educación rígida y puritana; ha carecido de ternura y de atenciones maternales; ha sufrido en sí misma y ha visto sufrir a su padre las consecuencias del abandono de su madre. Se ha imbuido de la idea de que lo peor que puede ser una mujer es intelectual, del peligro que para la familia y la sociedad supone una mujer «emancipada», palabra que para ella encarna todos los peligros, todas las iniquidades posibles. Esa educación y esos principios la han llevado a reprimir sus naturales inclinaciones, a negarse a sí misma el desahogo de poner por escrito sus sentimientos. Cuando, llevada por un impulso irreprimible, los vuelca sobre el papel, esconde sus escritos donde nadie pueda leerlos. Una sola compensación tiene tanto sufrimiento y tanto sacrificio: el amor de su padre y la satisfacción de complacerlo, encarnando su ideal femenino.

Y de pronto, a los dieciséis años, descubre que una sonrisa de Frasquita, que un simple gesto de su mano, acariciando el cogote de don Nicolás, tiene más fuerza que todas las doctrinas, que todos los principios. La niña buena deja de ser la preferida de papá, que babea de gusto con los arrumacos de la esposa recuperada y las gracias andaluzas de las hermanas pequeñas. Los celos y el odio se instalan en el corazón de Cecilia, exacerbados por la falta de tacto de su madre.

Frasquita, despreocupada e ingeniosa, hiere una y otra vez sin pretenderlo a aquella hija suya tan reservada, tan callada, tan metida siempre en un rincón desde el que parece vigilar sus tertulias como una sombra rencorosa. Cecilia es guapa, pero no sabe comportarse en sociedad y es de una sosería que aburre a las ovejas. Y cuando habla es aún peor; se parece demasiado al marido de los primeros tiempos, así que la madre no puede reprimir su impaciencia: «Calla, hija, por Dios, calla». Cecilia guarda aquellas palabras en su memoria como un veneno corrosivo que soltará años después en *Clemencia,* una novela autobiográfica transparente; el tiempo no ha cicatrizado la herida.

Pese a los buenos oficios de don Nicolás, el mal entendimiento entre madre e hija crece. En las tertulias de Frasquita es un lugar común la frase: «¿Cecilia? Sí, es bonita, pero es una infeliz que ni pincha ni corta». Para colmo de males, Frasquita, creo yo que con ánimo de congraciarse con su hija, saca a la luz algunos de los papeles escritos por Cecilia. Es la declaración de guerra. Lo que Cecilia ha guardado a lo largo de años es ya conocido por el padre. Toda la capacidad de disimulo adquirida desde su infancia no basta para ocultar el odio que la invade y la domina. Don Nicolás se asusta y también Frasquita. Por primera vez se percatan de la gravedad de la situación, y es la madre, expeditiva como siempre y menos encariñada con Cecilia que el padre, la que propone la solución: Hay que casarla.

Frasquita se encarga de buscarle marido: Antonio Planells, un apuesto capitán de granaderos de veintiocho años cuya fama de calavera es notoria. El mérito mayor del novio es que sale inmediatamente con su regimiento para Puerto Rico, de modo que hay que apresurar la boda. Cecilia añade a sus motivos de odio a la madre el dolor de ver que su amado padre no se opone a aquella unión. Tampoco ella lo hace. Nunca se opondrá a los deseos del padre, siempre se esforzará en demostrarle que ella, su hija, sí lo respeta y lo obedece. Pero algo se quiebra para siempre en su interior. Hasta entonces las rectas normas morales, inculcadas en su alma por don Nicolás, han sido un freno eficaz contra su odio. A partir de ese momento sólo subsiste una de ellas: No escandalizar. Todo lo que pueda hacerse sin provocar escándalo está permitido. Todo. Incluso el crimen.

Uno de los méritos de mi investigación, señor Rector, ha sido destacar la complejidad de aquel espíritu contradictorio y atormentado. Cecilia odia y admira a su madre al mismo tiempo. La odia por dominar y manejar al hombre a quien ella respeta y ama sobre todas las cosas. Y por ello mismo la admira. La odia por haber convertido a su padre, a su ídolo, a su dios, en un ser vulnerable a la pasión; y la admira por hacerlo dentro de la legalidad, amparada por las sagradas prerrogativas del matrimonio. A su padre sigue queriéndolo, pero ya no puede servirle de modelo. Es más, el ejemplo de su conducta le servirá para precaverse contra la pasión amorosa, a la que finalmente acabará sucumbiendo, cumplidos ya los cuarenta años. Pero eso queda todavía lejos.

La «infeliz Cecilia» de diecinueve años acepta el matrimonio sin rebelarse, porque, alejada de su familia, se sabe con fuerza para dominar la situación. En este punto discrepo por completo de los investigadores que me han precedido. No es cierto que sufriese horriblemente, violada en su inocencia virginal por el marido bárbaro y vicioso. El atractivo físico del capitán de granaderos es innegable y a Cecilia le gustaron siempre los hombres guapos; él era además un reconocido seductor, y ella parecería sosa, pero después se vio que no lo era. El problema para Cecilia estriba en que su marido no es manejable y en que su carácter mujeriego pone en peligro la salud de ambos. Cecilia es culta y conoce los riesgos de la sífilis, muy común entre los miembros del ejército destacados en países tropicales. Y tampoco está dispuesta a tolerar que su marido la encierre bajo llave y la relegue al papel de criada para todo y ramera a domicilio. Su temor al contagio y la impaciencia por verse libre la llevan a desembarazarse de él en breve plazo: un año y tres meses después de la boda.

En contra de lo que pudiera esperarse, la muerte repentina de Antonio Planells, un joven sano y vigoroso, de veintinueve años, no levanta sospechas; o quizá quienes podían tenerlas no estaban interesados en hacerlas públicas. Cecilia fue siempre muy hábil para granjearse la simpatía de las fuerzas vivas locales. Sin duda en su selecto círculo de amistades figuraban el médico y el farmacéutico. ¿Recordó éste los venenos suministrados a la guapa española para matar arañas, ratones y otras alimañas que asustaban a tan delicada criatura? ¿Consideró en algún momento el médico que su obligación era comprobar que el militar había muerto tal y como contaba su dulce y sensible viuda? Si lo hicieron, tan incómodo pensamiento no tuvo consecuencias prácticas.

Cecilia mintió tanto acerca de aquella muerte que, pasado el tiempo, no es capaz de recordar ni los hechos verdaderos incuestionables. Cuando, años después, el escritor francés Latour, su confidente a lo largo de toda la vida, le pregunta por ese asunto, le contesta en estos términos: «A mi marido, hermoso joven de veinticinco años, le esperaba un bello porvenir; pero a los pocos meses de casado murió de repente apoyada su cabeza en mi pecho». ¡Conmovedora imagen! ¡Pero no recuerda la edad que tenía su marido ni el tiempo que llevaban casados! Lo único que recuerda es su belleza física. No me cabe ninguna duda de que Cecilia lo mató.

Y no fue el único. Ya sabe lo que dice el refrán: «El que hace un cesto, hace ciento». Nos encontramos ante una psicópata que ha perdido el sentido del bien y del mal, y ya nada podrá detenerla.

Su segundo marido hubiera podido salvarse si no se cruza en su camino lord Cuthbert. Cecilia no mata por gusto sino por necesidad. Cuando algo le impide realizar sus deseos, lo elimina de su vida. El desarraigo afectivo y la frustración ante los abandonos sucesivos de su madre y de su padre pudieron ser el detonante que desencadenó su conducta criminal. Pero las causas de su patología caen fuera de mi investigación, cuyo único objeto es sacar a la luz sus crímenes, que ella alterna con largos períodos de aparente normalidad.

Con el marqués de Arco Hermoso, su segundo marido, formó durante trece años lo que en sociedad se llama una pareja feliz. Era el hombre que le convenía: un caballero de agradable aspecto, apacible y manejable. Cecilia reparte su tiempo entre la finca campestre de Dos Hermanas y las reuniones con la aristocracia en la ciudad de Sevilla. Recoge leyendas y cuentos populares y lleva una existencia plácida que serena su atormentado espíritu. Junto al marqués de Arco Hermoso pudo haber sido la mujer que su padre deseaba que fuera. Pero el azar juega un papel decisivo en cualquier vida humana, y en algunas un episodio fortuito tiene consecuencias de inesperada trascendencia. Yo mismo soy un buen ejemplo. Si en lugar de morir repentinamente don Amadeo, se hubiera muerto su señora, como era lo lógico y esperable, yo estaría ahora en la cátedra de Literatura o en el rectorado, lo digo con el mayor respeto, en lugar de estar solicitando su intercesión para remediar una injusticia.

Pero volvamos a mi tesis: la pieza que el destino colocó en el tablero de la vida de Cecilia Böhl de Faber fue un aristócrata inglés, guapo, atractivo, más joven que ella, cosmopolita y mundano. Se llamaba Federico Cuthbert. Cecilia tiene treinta y nueve años y se enamora de él perdidamente. A través de sus ojos la vida en Sevilla le parece provinciana y anticuada. El campo andaluz, que tanto amaba, tosco y brutal. De nuevo los deseos reprimidos rompen su frágil equilibrio emocional. Vuelven las tensiones con su madre y las luchas entre su vocación de escritora y la sumisión a los ideales del padre. Cecilia ama a un hombre y se encuentra encadenada de por vida a otro; su talento la empuja a escribir, y el rechazo de su padre a las mujeres literatas la lleva a seguir ocultando sus obras, que se acumulan en los cajones de su escritorio.

Por sorprendente que pueda parecer, le resulta más fácil desembarazarse de sus maridos que de los prejuicios que inculcó en su espíritu adolescente don Nicolás. La epidemia de cólera que se extiende por Sevilla en el año de 1835 le va a permitir deshacerse de su segundo esposo sin tener que recurrir al procedimiento de la muerte repentina. Los efectos del veneno se confunden con los de la enfermedad y el resultado es el mismo. Cecilia, ya viuda, no puede ocultar la pasión creciente por Cuthbert. El escándalo estalla cuando, sin respetar el luto, se va en el verano siguiente a Londres para encontrarse con su amante.

El disgusto por el comportamiento de su hija quebranta la salud de don Nicolás. Fras-

quita escribe a su hija y ésta intenta por primera vez encontrar apoyo y consejo en su madre,
a quien supone conocedora de las turbulencias
de la pasión amorosa. Frasquita, mujer prácti-
ca y de talante liberal, no entiende los escrú-
pulos de su hija; su comportamiento le parece
a un tiempo «censurable y chocante». ¿Qué esperaba Cecilia? ¿Un nuevo matrimonio? Está
claro que el noble inglés no va a ir más allá de
una apasionada aventura. Cecilia regresa a España en noviembre, justo a tiempo para ver
morir a don Nicolás.

¿Qué se dijeron padre e hija en aquella
última entrevista? ¿Influyeron las palabras del
padre siempre amado en la decisión que siguió
a su muerte? No puedo asegurarlo, pero sospecho que sí. Cecilia constata que su historia con
Cuthbert es del dominio público y lo atribuye,
más que a indiscreción de su madre, a malevo-
lencia y al deseo de destruir su hasta entonces
intachable reputación. Y decide romper defi-
nitivamente con quienes la hacen sufrir. Entre
sus papeles íntimos se han encontrado estas re-
veladoras palabras:

*Después de lo que he sufrido no siento ni
agitación ni encono y me he separado para siempre de la que lleva el nombre de mi madre y del
hombre único que he amado con pasión y delirio,*

dándome el convencimiento de mi perfecta con-
ducta con ellos una tranquilidad que ya nada pue-
de alterar.

¿Estaba verdaderamente convencida de haber actuado de la mejor manera posible? Creo que sí. Su espíritu trastornado confunde sus deseos con la realidad. Por eso escribe:

Mis cuentas están saldadas. Descanso y me hallo bien con la total ausencia de felicidad, pues la compro con la total ausencia de penas destrozadoras.

Quiere recuperar la respetabilidad, quiere volver a ser la niña buena de don Nicolás. Pero al mismo tiempo quiere vengarse de los causantes de su dolor. Anuncia a doña Frasquita su decisión de no volver a verla, excepto en el caso de que solicite su presencia o tenga necesidad de ella. Y, perdida totalmente la contención y el sentido de la realidad, le anuncia a su ex amante su próxima boda, a los seis meses de la ruptura, con un joven andaluz diecisiete años más joven que ella.

Antonio Arrom de Ayala, su tercer marido, es cera maleable en las manos de Cecilia. Será también su tercera víctima, aunque en esta ocasión el procedimiento ha sido mucho más sutil y ningún tribunal habría podido condenarla.

Cecilia, casada con un jovencillo sensible y guapo, como lo fueron todos sus hombres, con cuarenta años y liberada al fin de su padre y poco después de su madre, que muere al año siguiente, pasa a convertirse en Fernán Caballero, la novelista más famosa y más leída de su tiempo.

No parece que se haya cumplido lo que escribía en su diario: La total ausencia de felicidad es el precio de la total ausencia de penas destrozadoras. Cecilia, o quizá debamos decir ya Fernán Caballero, su otro yo, parece feliz. Es respetada y admirada como novelista y como miembro de la más alta sociedad: los duques de Montpensier la invitan continuamente, las visitas de parientes, amigos y personajes famosos de la época son constantes. Ha conseguido el éxito social y literario. Incluso consigue conciliar su innegable vocación literaria con los preceptos sobre la perfecta femineidad que su padre le ha grabado a fuego en el alma: El gran público ignora que Fernán Caballero es una mujer.

¿Cómo transcurre su vida sentimental? No está enamorada de su marido, lo cual le evita el sufrimiento de los celos y la intranquilidad de la pasión. Antonio le gusta físicamente, y es halagador sentirse deseada y querida por alguien que podría ser su hijo. Las cosas van bien hasta que Cecilia empieza a envejecer. Su talento no basta para impedir que al marido se le vayan los ojos hacia mujeres más jóvenes. Cecilia lo controla férreamente, el dominio económico sustituye al antiguo dominio sentimental. Antonio Arrom depende para vivir del dinero que le proporciona Cecilia, directamente o a través de trabajos que ella le consigue.

Él hace tímidos intentos de independizarse y Cecilia toma una decisión: no va a pasarse la vejez sufriendo por las infidelidades y el abandono de alguien que se lo debe todo. Le hace ver a su marido que nunca podrá librarse de ella; si intenta romper su matrimonio o engañarla, lo hundirá, dejará caer sobre él todo el peso de su prestigio, de su amistad con la familia real y con el consulado alemán; moverá todas sus relaciones nacionales e internacionales hasta convertirlo en un paria.

Cuando Cecilia tiene sesenta y tres años, Antonio Arrom, con cuarenta y seis, se suicida en un parque de Londres. No puede soportar ni un día más la opresión a que lo somete la tiránica mujer en que se ha convertido la otrora sumisa hija de don Nicolás Böhl de Faber.

Se ha intentado explicar esta muerte por reveses económicos: El marido, abrumado por su mala gestión, se suicida para no ser una carga para la esposa.

Por su parte, Cecilia escribe a Latour para proporcionarse una coartada. Le transcribe párrafos de unas supuestas cartas de su marido, en las que dice que siente «la locura apoderarse de mi cerebro con su mano de hierro», anuncia su suicidio y se despide de su esposa, llamándola «santa y querida criatura». Como bien puede suponer, esas cartas nunca han aparecido.

Fernán Caballero era ya una gloria nacional y así se quedaron las cosas. La verdad es que no hubo tal ruina. Entre los documentos que le adjunto se encuentra la carta de Duff Gordon, uno de sus socios extranjeros, donde claramente se ve que sus negocios seguían siendo prósperos.

Mi tesis doctoral demuestra que Antonio Arrom, débil de carácter, sensible y proclive a la depresión, fue inducido y empujado al suicidio por su esposa, que prefería el papel de viuda al de abandonada.

Sé que mis investigaciones no cambiarán la historia oficial, de igual modo que las de don Américo Castro no bastaron para demostrar la indudable ascendencia judía de Cervantes y santa Teresa. Los crímenes de Cecilia Böhl de Faber, aquellas muertes tan repentinas y oportunas, quedaron y quedarán impunes, como han quedado otras más recientes, igual de repentinas y no menos oportunas para la familia legal. Y no quiero por el momento decir más. Sólo recordarle un dato que usted sin duda conoce, señor Rector, y que debe tener en cuenta para juzgar con rectitud en este caso: Su colega, el catedrático de Literatura Española, es yerno del en vida muy conocido y respetado juez don Amadeo Villamor y Fuertes de Villaviciosa; marido de aquella hija que vivía en el segundo piso de la finca, recuerde, en cuya portería nací yo de madre soltera.

Por todo lo expuesto y considerando que mi trabajo de investigación reúne los requisitos necesarios, solicito que se me permita presentarlo en sesión pública ante un tribunal competente para optar al grado de doctor en Literatura Española.

Es gracia que espero alcanzar de V. I., a quien Dios guarde muchos años.

Y sin más retóricas me despido de usted, don Darío, con la esperanza de que se me haga justicia. Siempre a su disposición para lo que guste mandar.

Guillermo Fernández, Willy para los amigos.

Señor doctor

Señor doctor:

Yo nunca fui pendenciero ni amigo de peleas, ni tampoco envidioso, ni resentido. Dijeron tantas cosas de mí que ya ni me acuerdo, pero no eran verdad. Yo vivía contento, puede creerme, siempre me contenté con lo que me tocaba, desde niño siempre fui de buen conformar. Mi hermano no, mi hermano no paraba de protestar, en la casa, en la escuela, en la fábrica. Le parecía que su tajada era más pequeña o que trabajaba más que los otros, o que no le pagaban bastante, yo qué sé, el caso era protestar. A mí me decía que era tonto: Tú te contentas con una miseria, me decía, naciste para que te exploten. Y algunos compañeros de la fábrica también me lo decían, por eso me marché. A muchos los conocía de la aldea, sabía cómo vivían allí, usted de eso no sabe: las casas, sin agua corriente, sin luz, una cuadra más que una casa. Algunos no vieron un baño en su vida. Y yo pensaba: ¿De qué protestan? Ahora tienen un piso bueno, con agua caliente, con nevera, y tienen televisión y coche, ¿qué más querían?...

Yo vivía contento, por mí ni huelgas ni centellas, pero como ellos eran mis amigos no era cosa de ponerse a defender al patrón, así que lo mejor era largarse y cuando me salió el trabajo en Madrid no lo pensé ni un minuto. Aquí también protestaban, pero, como no los conocía, pensaba que tenían más razón, quiero decir que yo no sabía cómo vivían antes, y era normal que quisieran mejorar y tener guarderías para los críos y más días de fiesta. A mí eso me parecía de señoritos: en la aldea no había domingos ni días santos: el trigo había que segarlo porque el pedrizo y las tormentas tampoco hacen fiesta y los animales comen todos los días, así que a mí lo de trabajar en festivo no me daba ni frío ni calor. Hasta que vi aquella mano. Desde ese día las cosas ya fueron diferentes.

Ahora cuesta trabajo creerlo, pero antes, créame, yo estaba siempre contento. Mi madre decía que era cuestión de la salud, porque mi padre también era así, disfrutaba con cualquier cosa y no perdía nunca el sueño ni las ganas; las de comer y las otras. Mi madre no hablaba de eso, pero decía las ganas y ya se entendía lo que quería decir. Sin embargo, mi hermano salió a la gente de mi madre, que andaban siempre revirados, cuando no les dolía el estómago era una pierna lo que les dolía, siempre queján-

dose, los hombres sobre todo, y siempre pro-
testando: que si llovía, que si hacía sol; todo
era malo; si había mucho trigo, bajaba el precio, y si había poco, no iba a llegar ni para dar
de comer a las gallinas; y siempre deseosos de
lo del vecino, sin querer confesarlo: el tractor
de fulano, las vacas suizas de mengano. Aquello no era vivir.

Y mi hermano igual. Yo se lo dije cuando se metió en el rollo de la droga. Se compró
un coche y una moto, y una cazadora de piel,
qué sé yo cuántas cosas, pero aquello no era
vivir, con aquel nerviosismo y aquel miedo. Yo
no digo si estaba bien o mal lo que hacía, a fin
de cuentas si él no lo hacía lo había de hacer
otro, pero cuando empezaron a aparecer por casa aquellos tipos con cara de difuntos, le dije:
Llévate toda esa mierda, busca adónde ir y que
yo no vuelva a ver a esa gente por aquí. Me daban asco, oiga, ni pena ni nada: asco. Aunque ahora me vea así, a mí siempre me gustó
la limpieza.

Cuando éramos pequeños mi madre nos
bañaba en una tina una vez a la semana. Sacábamos agua del pozo, ponía al fuego una olla
bien grande, la mezclaba con la fría, y nos metía en la tina uno después del otro. Yo, como era
el mayor, iba el primero. Me sentaba con las
piernas encogidas y ella me echaba agua por la

cabeza y por las espaldas. A mí me daba mucho gusto y a mi padre también, pero mi hermano siempre protestaba: ¡Me vas a pelar como a los pollos!, decía, o que el agua estaba igual que la del pozo.

Debíamos de ser los únicos niños de la aldea que se bañaban una vez por semana y mi padre el único hombre. De los labriegos, quiero decir. El maestro y el cura y los dueños de la cantera se bañarían, aunque no estoy muy seguro, pero de los que trabajaban en la tierra, ninguno; sólo nosotros. Yo le cogí gusto y fue en lo primero en que me gasté los cuartos de las horas extras: una bañera grande. A mi mujer le pareció bien, a ella también le gustaba, no sé si bañarse o lo que venía después, pero el caso es que me tenía el baño preparado para cuando volvía del trabajo. La camisa del uniforme era de tergal y eso da un olor que apesta, ¿sabe?, así que antes de nada me desnudaba y, ¡hala!, a la bañera. Ella se quedaba conmigo, a los niños los tenía ya acostados, y lo pasábamos muy bien. Hasta que apareció aquella mano en mi vida.

Me parece que estoy hablando de otra persona, pero era yo y lo que le digo es cierto: Era feliz. Mi mujer se reía y me decía: ¡Eres como un roble, no te cansas nunca! A veces llegaba cansado, pero tan pronto me metía en el agua, revivía. Ella empezaba a frotarme la espalda y a jugar... Mi mujer era guapa y muy alegre, así que ya se puede imaginar cómo acabábamos. Ella me decía: Llevamos siete años casados, ¿no te cansas de mí? Y yo le decía: ¿Estás tú cansada? Y ella: Las mujeres somos diferentes... Pero no hay diferencia; de lo bueno no se cansa uno. A mí me gusta el jamón y la tortilla de patatas y el Ribeiro fresquito y me gusta bañarme y ponerme ropa limpia, ¿por qué me iba a cansar de ella?

No le digo que no mirase a otras mujeres, pero con los dedos de una mano se contaban las veces que en siete años me fui de juerga, y siempre arrastrado por mi hermano. Y no es que me parezca mal que otros lo hagan, allá cada uno, pero a mí los puticlubs me repugnan, a mí no me gusta aquella oscuridad y aquel olor y la pintura que llevan en la cara. A mí me gustan las cosas limpias y frescas, sin sobar, y la fruta cuando está en el árbol, y la nieve recién caída. Sobre todo la nieve... Cuando era niño y nevaba en la aldea, me levantaba el primero para tenerla toda para mí sólo: una alfombra así no la tiene ni el Rey ni el Papa. Me quedaba a la puerta de la casa, disfrutándola con los ojos y después me dejaba caer, brazos y piernas abiertos, hundiendo la cara en aquella hermosura. Y cuando los demás se levantaban, yo echaba a correr de un lado para otro, revolcándome y restregándome con ella antes de que llegasen los otros y soltasen a los bueyes y se enlodase todo. Por eso cuando apareció aquella mano me quedé pasmado y pensé que estaba soñando, porque era talmente como si estuviese hecha de nieve de la montaña. Por eso cambió mi vida.

Muchos pensaron que estaba pirado, que era cosa de la droga, pero yo nunca quise nada con drogas, aunque no me faltaron ocasiones. Mi hermano me ofrecía una raya y me decía: No sabes lo que es bueno si no lo pruebas. Pero yo, nunca. Y después de ver lo que le pasó a él, tendría que estar loco, y no lo estaba, antes de ver aquella mano no lo estaba, y después ya no le sé decir, porque igual tienen razón y hay una vena en la familia...

Yo nunca se lo dije a nadie, pero siempre pensé que mi padre se mató. Un hombre como él, que conocía el camino a ciegas, ¿cómo iba a caerse en el barranco de la cantera? ¿Y qué estaba haciendo allí? Un día fue a la feria a vender un cerdo y unos cabritos y al volver se sentó a la puerta de la casa, miró alrededor y dijo: Toda la vida trabajando y para qué... Nunca antes se había quejado, ni había dicho cosa semejante y a partir de ahí ya no levantó cabeza: perdió las ganas, se levantaba antes que el sol y pasaba el día bebiendo. Hasta que apareció muerto en la cantera. Era un hombre fuerte, lleno de vida, que aun la noche antes de ir a la feria le hizo un hijo a mi madre. ¿Qué le pasó? Nunca se supo, pero yo creo que fue lo mismo que a mí, que hubo algo, que encontró algo que le hizo ver las cosas de otra manera y dio la vuelta a su vida.

Yo estaba bien tranquilo, como todos los días, atendiendo a conducir y a cobrar los billetes y a cerrar las puertas sin coger a nadie con ellas. Mire, eso era lo único que a mí me daba cuidado: tener un accidente, o desgraciar a uno al cerrar las puertas. A veces el autobús va lleno de niños y de chicos que no se sujetan, o de viejos que no se tienen bien de pie, y das un frenazo y pueden caerse todos al suelo. Que se colasen sin pagar no me importaba. No es que no cumpliese con mi obligación. Además de conductores éramos cobradores, eso nos decían en la empresa, así que yo vigilaba, pero sin matarme ni hacerme mala sangre. Muchos compañeros sólo se preocupaban de cobrar, pero no piense que lo hacían por defender a la empresa, ¡si los oyese hablar! Lo hacen porque piensan que el que no paga se está burlando de ellos, y también porque andan siempre cabreados. En las horas punta, a la salida del trabajo o de los colegios, siempre se cuela alguno. A mí no me importaba. Si era algún viejo, o gente de edad, yo no les decía nada, hay mucha miseria por el mundo y más en las capitales. Otros conductores no abren las puertas y empiezan a reclamar a gritos el billete y todos se dan cuenta de quién es el que no pagó. Yo eso soy incapaz de hacérselo a un viejo o a una mujer, que sabe Dios qué necesidad estarán pasando para querer ahorrar unas pesetas y pasar por aquella vergüenza. Con los niños es distinto, ésos lo hacen por jugar y hay que reclamarles el dinero, pero sin tomarlo a mal, porque son pillerías inocentes. Había un chaval que se subía ahí por la plaza de Cuzco que siempre intentaba colarse. Tenía una cara de pillo que daba risa. Yo lo miraba por el espejo y él disimulaba, pero era un niño y acababa mirándome, y yo le hacía señas de que viniera a pagar, o le guiñaba un ojo si le dejaba colarse. Yo no tengo hijos varones, tengo tres chicas, muy guapas, muy formalitas. Si tuviera un chico me gustaría que fuera como aquél, así de travieso y de espabilado. Al final ya éramos amigos y él me ofrecía de las pipas que iba tomando. Así que yo en el trabajo lo pasaba bien.

El otro médico dijo que seguramente me volví loco por culpa del trabajo, porque el oficio de conductor de autobús era, no me acuerdo cómo lo llamaba, pero quería decir que era siempre igual y que volvía a uno loco. Pero no era cierto, oiga, que yo mucho más me aburría en la aldea, que eso sí que era siempre igual y desde septiembre empezaba a caer agua del cielo y podían pasar tres meses sin verle la cara al sol, todo enchopado, que no quedaba pared, ni ropa, ni cosa en el mundo que no rezumase agua. Aquella lluvia menuda sí que me aburría a mí, pero ¿dar vueltas en el autobús? ¡Si cada vuelta era diferente! Diferentes viajeros, diferente la gente que iba por la calle, diferentes los coches que pasaban. Lo único que era igual eran las calles, las casas, pero daba gusto verlas, grandes y bien hechas, y los monumentos, y fuentes con estanques, que hay que ver qué preciosidad por la noche con luces, y no las cuatro chozas de la aldea, siempre a oscuras y siempre chorreando agua. Así que yo bien contento estaba de conducir el autobús. Hasta que vi aquella mano...

Fue en la parada de Colón, al final de la tarde. En esa parada suben muchos estudiantes que vienen de la Biblioteca Nacional y señoras muy bien vestidas que salen del Centro de la Villa. Es un buen barrio toda esa zona, hasta se nota en el olor del autobús. Aquel día había mucho público, la gente se apiñaba alrededor de mí, se apretujaba contra mi asiento, unos de cara, otros de espaldas, como podían, y de pronto, de aquel revoltijo, salió una mano de mujer, una mano blanquísima, que alargaba hacia mí un billete de mil pesetas. Levanté los ojos buscando a la dueña de aquella mano, pero no pude verla. Sólo la manga de un abrigo de piel negra y brillante y, saliendo de ella, una mano de nieve.

Me quedé mirándola apampado. Nunca había visto cosa igual, era talmente como la nieve de la montaña. No estaba soñando: la mano sostenía un billete de mil pesetas para pagar. Cogí el billete con cuidado, sin rozarla siquiera, y la mano, al sentir que lo cogía, dio la vuelta y puso la palma hacia arriba, como los pobres cuando piden limosna, pero ella no pedía, era como si me estuviera dando algo o llamándome, ¿cómo le explicaría?, ¿sabe esos santos de las iglesias, o las mujeres cuando extienden los brazos para llamar a un niño pequeño? Pues era así.

Aquella mano me llamaba y yo la cogí y le puse las vueltas del dinero en la palma y después le cerré los dedos, hice un puño de nieve con ella y lo tuve entre mis manos, igual que hacía con la nieve de la montaña, sintiendo aquella suavidad, aquella frescura. Y de pronto la mano tembló entre las mías, tembló como un pájaro preso y yo la dejé ir, y la mano se escondió entre la piel negra y brillante, igual que

las golondrinas se esconden en el nido, y enseguida desapareció.

Y con ella desapareció mi alegría, aquella conformidad mía de disfrutar de las cosas
buenas y olvidar pronto las malas. Fue como si
me pusieran delante de los ojos un velo negro,
o igual fue al revés y aquella mano me arrancó
una venda que yo tenía y empecé a ver las
cosas como los demás, no le sabría decir. Los
viajes del autobús me parecían las vueltas del
burro a la noria y los viajeros que subían y ba-
jaban, una sola persona, repetida cien veces, mil
veces, siempre la misma. Y se acabaron los jue-
gos en la bañera: yo me hundía en el agua, ce-
rraba los ojos y pensaba en aquella mano. Prefería estar solo. Mi mujer se dio cuenta y al
comienzo me preguntaba: ¿Qué tienes?, ¿estás
enfermo? Yo le decía que no, que estaba bien,
pero miraba su mano, y era como si toda la
mierda que había limpiado desde los catorce
años la tuviera allí, en aquella mano roja y áspera. Y le decía: Déjame, que ya se me pasará...

Pero no se pasaba, era una pena y un
cansancio que no me lo quitaba de encima.
Era igual que en la aldea cuando se ponía a llo-
ver despacio y seguido, que ya no se sabía si el
agua venía del cielo o de la tierra, un manto
gris, una nube que todo lo cubría y lo borraba.
En un día así mi padre salió de casa y no vol-

vió. Y si yo hubiera hecho como él, mejor hubiera sido para todos. Mi mujer era joven y guapa y había de encontrar a otro hombre con quien pasarlo bien. Y las niñas, pobres, en unos años ni se acordarían de mí. Debí hacer como mi padre, pero me pasó algo raro. Di en pensar que la culpa de todo la tenía la gente que llevaba abrigos como el de la mano de nieve. Quise saber qué piel era aquella que yo nunca había visto antes, y cuánto valía, y le dije a mi mujer que preguntase en una tienda que los tenía en el escaparate. Mi mujer no se atrevía: Cómo voy a entrar ahí, decía, es un sitio muy caro, creerán que voy a robar. Pero yo me empeñé, porque pensaba que, si ella tuviera un abrigo así, quizá todo volvería a ser como antes.

Un sábado mi mujer se puso la mejor ropa que tenía, zapatos de tacón y un vestido que había comprado para la boda de una prima, y yo me puse el traje con que me casé y fuimos a la tienda. Cuando nos dijeron lo que costaba no lo podía creer: todo lo que gana un obrero en un año no basta. Entonces pensé que el mundo estaba mal hecho, porque ya era jodido que el abrigo costase más de un año de trabajo, pero lo peor era que, al lado de aquella piel, la mano de mi mujer parecía aún más oscura y más áspera.

A la mañana siguiente cogí el autobús como todos los días, quiero decir como todos los días desde que vi la mano: cansado y triste, pero con una impaciencia por dentro que me recomía las entrañas. Corría y corría como si tuviera que llegar a alguna parte, como si tuviera algo más que hacer que ir de parada en parada recogiendo viajeros. Y de pronto, en una de las vueltas, al parar en el semáforo de Neptuno, la vi. Había un montón de gente a la puerta del Ritz: los hombres iban con trajes de pingüino y las mujeres con abrigos de esos que cuestan un año largo de vida. Ella llevaba el abrigo negro, y la mano de nieve la tenía apoyada en medio del pecho, como una joya reluciente. Me di cuenta de que no era la única. Todas aquellas mujeres tenían también manos de nieve, pero las llevaban tapadas con los guantes, para que los hombres como yo no puedan verlas y no se vuelvan locos. Pero ella la llevaba descubierta y yo la vi.

Se abrió el semáforo y pisé el acelerador hasta el fondo. El motor bramó como las bestias cuando están en celo. Metí la segunda y agarré fuerte el volante: no se dieron cuenta hasta que estuve casi encima de ellos. No tuvieron tiempo ni de moverse. Levantaron al aire sus manos maravillosas intentando detenerme, pero era ya inútil. Me tiré a ellos como me tiraba a la nieve de la montaña, sabiendo que duraría poco, que enseguida todo estaría sucio y enfangado.

Y así fue. Ahora usted haga lo que quiera. Entonces me dijeron que sólo tenía dos salidas: o la cárcel para toda la vida por criminal o el manicomio por loco. Mi mujer pensó que esto era lo mejor y dijo que estaba loco y repitió todo lo que le mandó el abogado. A mí me daba lo mismo, así que me callé la boca. Al comienzo mi mujer venía a verme todos los días de visita, y después cada vez menos. Y ahora usted, después de tantos años, se empeña en echarme a la calle, para que rehaga mi vida, dice. Pero a mí sólo hay una cosa que me apetece rehacer.

Usted es joven, doctor, y es una buena persona: se para conmigo a hablar y a echar un cigarro como si fuese un amigo. Por eso le quería contar todo esto antes de marchar, para que después no diga...

Estimada señora

Estimada señora:

Se extrañará usted de recibir esta carta, porque no me conoce de nada, y yo tampoco a usted. Y no la conocería nunca si no fuese porque vi a mi mujer escondiendo un libro y me picó la curiosidad de saber qué era. Nada más empezar a leerlo me di cuenta de qué iba el asunto y, para que usted se haga cargo enseguida y comprenda de qué se trata, le diré que yo soy el sargento de la Guardia Civil que se casó con la montañesa guapa.

No sé de dónde sacó usted lo que cuenta. Seguramente fue mi mujer quien se lo contó, pero a mí me parece que un escritor serio no puede dar crédito al primero que llega con chismes. En estas historias hay que oír por lo menos a las dos partes, vamos, digo yo.

A mí no me importa gran cosa lo que usted escribió, de una porque no dice nombres y sólo se darán cuenta los que estuvieron en el ajo del asunto, y de ésos creo que pocos lo llegarán a leer; y de otra porque usted no es como don Camilo y otros escritores que hacen

películas con sus libros. Si fuese así, más preo-
cupado estaría, porque mi mujer es capaz de
presentarse en el cine diciendo que ella es *la
chica* de la historia. ¡Siempre fue muy pinture-
ra y muy amiga de hacer teatro!

Pero de todas formas me fastidia un poco que usted crea que yo soy un bruto y un
aprovechado, o un paleto que no se da cuenta de lo que le pasa por delante de las narices. Pues, mire: el tonto y el aprovechado era
el hijo del capador, que en paz descanse. Si se
quería casar con mi mujer, ¿quién se lo impe-
día? ¿Qué gaitas son esas de que yo lo dejé sin
permiso aquellas Navidades? Yo era sargento
de la Guardia Civil, que entonces, con tanta
hambre que había, era un buen puesto, pero
yo no era nadie para manejar un asunto así.
No fue a verla porque no quiso o porque algo
muy gordo hizo en la mili para que lo arresta-
sen todas las vacaciones. Pero lo más seguro es
que estuviese con otra novia.

Los padres, desde que era niño, llevaban machacando con que tenía que ser veterinario. Veterinario, no capador como el padre,
¿se da cuenta?, y que tenía que casarse con una
señorita del pueblo, como acabó haciendo. Esas
cosas, desde pequeño, lo van marcando a uno,
y el tipo estaba hecho un lío con mi mujer.
Porque «V.», como usted la llama, era una mu-

jer de bandera, ya de joven, y con mucho carácter, y lo traía a mal traer.

Si se conocían desde niños, ¿por qué él no le pidió que fuese su novia? Ella misma le contó que fue ella la que se declaró. Si no llega a hacerlo, el tipo no arranca a decirle nada, por muchas ganas que tuviese. Pero cuando una mujer como la mía le echa a uno los brazos al cuello y le dice que lo quiere, no hay hombre bajo el sol que se resista. Así que gustar, le gustaba, a quién no; pero de casarse, nada; y en cuanto aparecí yo, dio la espantada.

Si él tuviese intención de casarse, ¿cree usted que me dejaría el campo libre de aquella manera? Porque lo que pasó la noche de fin de año no era para romper un compromiso. ¿A qué chica guapa no le han dado un apretujón alguna vez? Y si la gente hablaba, pues que hablase. Bien les supe tapar yo la boca a todos, demostrándoles que fue a la iglesia tan virgen como la que más. No sé cómo ella no lo entendió.

Lo que pasa es que mi mujer se encaprichó con el hijo del capador porque era precisamente el único que se le escapaba. Todos se morían por que les dijese dos palabritas y a ella le apetecía el que se le resistía. Y no era que a él no le gustase, de eso estoy bien seguro, sino que no se quería comprometer y verse obligado a hacer algo que iba en contra de sus intereses y de lo que sus padres esperaban de él. Lo que él tenía era mucha labia, eso sí, para ir sacando lo que podía de la situación sin pasar a mayores. Ya se lo decía en esos versos que tanto le gustan a ella, que su amor era «imposible» y que siempre se acordaría de ella. Y yo me pregunto y le pregunto a usted, ¿por qué un chico de diecisiete o dieciocho años considera imposible casarse con una chica soltera, y sana, y honrada como era ella? Pues porque quiere ser veterinario y casarse con una señorita que no le gusta pero que tiene cuartos y sabe comportarse en sociedad. Y no hay más vuelta que darle.

En cuanto a mí, yo me di cuenta enseguida de la situación. Yo era joven aún, pero ya llevaba recorrido bastante mundo y tenía más conocimientos que aquellos ignorantes. ¿Que hice valer que tenían un pariente *fuxido*? En realidad les hice un favor, evitando que los llevasen al cuartelillo para interrogarlos como hicieron con otros. Nunca los amenacé ni les hice chantaje, de modo que era lógico que la familia me estuviese agradecida.

Y a ella, a mi mujer, le di lo que andaba buscando sin saber que lo buscaba. Era una chica muy joven y sin ninguna experiencia, inocente en ese sentido, pero muy apasionada, se encendía con sólo rozarla. Pocas mujeres vi yo así. Y si con el hijo del capador no hubo nada, con tantas oportunidades como tuvieron, fue porque él era un avefría y porque tenía mucho cuidado en no comprometerse.

Y le digo que estoy seguro de que fue ese comportamiento lo que mantuvo el interés de mi mujer por él. Eso y que no volvió a verlo, y le quedó aquella imagen de su juventud. Si se llega a casar con él, seguro que lo deja, que se aburre, porque ella vale mucho más que él y se había de hartar de arrastrar a aquel *mormizo* que, se lo aseguro, no sabría ni darle gusto. Porque conmigo, por más que ella diga que quiso siempre al otro, conmigo fue feliz, lo pasó bien, ¿me entiende?, que esas cosas no pueden fingirse y yo de mujeres entiendo algo. Ella necesitaba un hombre; un hombre como Dios manda, con fuerzas donde hay que tenerlas, se lo digo yo, que no era mujer que se contentase con palabras bonitas. Mucho leer aquellos versos y mucho besar aquellas cartas, pero era a mí a quien se abrazaba por las noches, y le aseguro que no lo hacía obligada, que muchas veces era ella quien me buscaba, aunque me esté mal el decirlo, pero me cabrea que usted y todos los que lean lo que escribió piensen que yo la llevé a la fuerza toda la vida. Y no fue así.

Hizo siempre lo que le apeteció, porque tiene mucho carácter y mano izquierda cuando quiere. Nos fuimos del valle por darle gusto y porque yo comprendí que quería ver mundo y me parecía justo. Tuvimos los hijos que ella quiso, y cuando se aburrió de estar sin hacer nada, pedí un préstamo y le puse un bar de comidas. Después lo ampliamos, tal como ella le dijo, y montamos un hotel, pero nada de lujo, que también eso lo contó a su manera.

Si no volvió a ver al hijo del capador, fue porque no le dio la gana, porque en estos tiempos que corren y disponiendo de dinero y de tiempo como ella tiene, ¿quién le quitaba de ir a la aldea cuando sabía que él estaba allí? O incluso a Barcelona. Lista como es y dispuesta, ya encontraría la ocasión. Pero no quiso; prefería que a él le llegasen noticias suyas a través de terceros, que siempre exageran, y más en la aldea. Ella sabía que le habían de decir: «Está guapísima, igualito que cuando vivía aquí; no pasa un día por ella, y tan elegante, si vieras qué ropa trae; le van muy bien los negocios, gana cuartos como un torero, tiene casas por toda España, y alterna con gente importante...»; que todo eso decían, y ella se reía y decía que no, que no, pero con la boca pequeña, así que todos están convencidos de que es millonaria y de que trata a los ministros de tú o poco menos. Porque la gente es así: primero la criticaban porque era pobre y el hijo del capador, rico. Y después disfrutaban refregándole al otro por las narices el dinero y la buena situación que ella tiene. Y ella disfrutaba también con eso, que le digo que muchos de los favores que hizo a la gente de la aldea eran en parte para darse importancia, para hacer papel, ¿comprende?

Siempre le gustó mucho presumir, y su empeño por el hijo del capador en el fondo se debía a que él era uno de los ricos de la aldea. Si llega a ser el hijo de un labriego o de un peón de albañil, ni mira para él. Y si, en vez de veterinario de una aldea de Barcelona, llega a ser un personaje importante, ya se las arreglaría ella para verlo. Porque lo cierto es que él se quedó en nada, ni siquiera vivía en la capital sino en un barrio obrero de los alrededores. Por eso no tenía mayor interés en encontrarse con él; sabía que, por bien que ella se conservase, los años no pasan en balde y prefirió que la recordase con la imagen de la juventud. Y, además, él no tenía entonces nada que ofrecerle. Yo lo entendía, era una pequeña venganza por los desprecios que le hicieron los padres y por la cobardía de él, pero que no me venga ahora con que siempre estuvo enamorada del hijo del capador y que por eso no quiso volver a verlo.

De mí, como haciéndome un gran favor, dice que no soy un mal hombre ni un mal marido. ¿Qué quería entonces? En la aldea, desaparecido el otro, sólo quedaban palurdos y brutos, en eso tenía razón. Y los señoritos del pueblo no se casaban con las montañesas pobres, por muy guapas que fuesen. Yo no la forcé de ningún modo; se casó conmigo porque quiso y porque no encontró a nadie mejor, en eso no me hago ilusiones.

Yo, entonces, en la fuerza de la vida y con el puesto de sargento, podía escoger entre muchas mujeres, incluso de las señoritas del pueblo, que le aseguro que no me hacían ascos cuando me acercaba a ellas. Pero también yo me empeciné en conseguirla. Ella me dijo que no estaba enamorada de mí, pero cuando yo la besaba se apretaba contra mí, y pensé que con el tiempo se le irían de la cabeza aquellas fantasías. Porque son fantasías, ¿sabe?, no hay tal amor. Amor es estar juntos día a día, y aguantarse y tirar para delante; no escribir cartas y hacer versos, que igual ni eran de él.

Nos fuimos de la aldea porque siempre quiso salir de allí, y nos fuimos para el sur porque le gusta el sol. ¿Qué gaitas son esas de «toda la tierra de España entre mi novio y yo»? La distancia a Barcelona es la misma que desde la aldea, pero ella quería marcharse y yo le cumplí ese gusto, como todos los que estuvieron en mi mano. Más de una vez me tuve que tragar los celos al verla hablar y reír con otros hombres en el bar o en el hotel, y nunca le dije nada, porque confiaba en ella, en lo que me decía: que para ella no había ya más hombre en el mundo que yo.

Y cuando pensaba que se le habían olvidado todas aquellas quimeras, ahora sale usted con esta historia... Claro que usted no tiene la culpa, habla por lo que le contaron, por lo que ella le dijo. Pero no es justo, ni es verdad. Si desease tanto irse con él, se habría ido. Ella no es mujer que se pare en escándalos, se lo digo yo, que la conozco bien. Y más ahora que el divorcio está a la orden del día. Sin ir más lejos: una de nuestras hijas está separada. Así que, si ella no me dejó, fue porque no le compensaba.

Es cierto que desde que él murió anda deprimida, pero eso es porque le falta aquel estímulo, aquel aguijón de que el otro supiese lo bien que le iban las cosas. Era más un enemigo que un amor, créame. Pero era también una parte de su juventud, que desaparece con él. Y eso es lo que la trae triste.

Salir en su escrito le gustó, y, aunque del nombre sólo ponga la inicial, con eso basta para que la gente que la conoce se dé cuenta de que está hablando de ella. Ya se lo dio a leer a varias amigas, pero sólo a las de aquí, a las que no saben la historia completa. Y ella anda releyéndolo a escondidas para que yo no la vea. Seguro que se lo aprende de memoria como los versos del otro, porque lo que más le gusta en el mundo es que hablen de ella y que le digan cosas bonitas, aunque sean tristes. Por desgracia yo no lo sé hacer. Lo único que hice, y creo que no mal, fue quererla toda la vida. Si lo mira bien, en esta historia el único amor que duró fue el mío por ella.

Si yo supiese, se lo diría en versos, porque parece que eso es lo que ella estima más. Pero no lo sé hacer, y así seguiremos: ella leyendo la historia de su amor y después apretándose contra mí por las noches. Y yo cumpliendo, como cumplí siempre, porque ésa es mi manera de quererla, de demostrarle que la sigo queriendo como antes, cuando era joven.

Ahora ya somos viejos los dos, pero yo aún me encuentro con fuerzas, y, teniendo cuartos en el bolsillo, no me faltan chicas jóvenes de carnes duras y de piel lisa para pasar un rato. Pero a mí me gusta ella; le tengo ley y no la cambio por ninguna.

Y nada más. Le pido disculpas por hacerle perder su tiempo escuchando a un ignorante como yo, pero es que yo también necesitaba desahogarme. Aunque no sea usted tan conocida como Cela y otros, pienso que escribe muy bien. Hasta a mí se me puso un nudo en la garganta leyendo el cuento. Fue una lástima que no supiese la historia completa.

Y ahora sí que nada más. Reciba un respetuoso saludo de

El sargento de la Guardia Civil

Índice

Este libro
se terminó de imprimir
en los Talleres Gráficos
de Printing Book, S. L.
Móstoles, Madrid (España)
en el mes de octubre de 2001